PRISIONEIRO DA NOITE

PRISIONEIRO DA NOITE

J.R. WARD

São Paulo
2019

Prisoner of night

Copyright © 2018 by Love Conquers All, Inc.
Todos os direitos reservados, incluindo os direitos de
reprodução integral ou em qualquer forma.

© 2019 by Universo dos Livros
Todos os direitos reservados e protegidos pela Lei 9.610
de 19/02/1998.

Nenhuma parte deste livro, sem autorização prévia por
escrito da editora, poderá ser reproduzida ou transmiti-
da, sejam quais forem os meios empregados: eletrônicos,
mecânicos, fotográficos, gravação ou quaisquer outros.

Diretor editorial
Luis Matos

Gerente editorial
Marcia Batista

Assistentes editoriais
Letícia Nakamura
Raquel F. Abranches

Tradução
Cristina Calderini Tognelli

Preparação
Guilherme Summa

Revisão
Nathalia Ferrarezi
Tássia Carvalho

Arte
Valdinei Gomes

Capa
Rebecca Barboza

Diagramação
Cristiano Martins

Dados Internacionais de Catalogação na Publicação (CIP)
Angélica Ilacqua CRB-8/7057

W259p
    Prisioneiro da noite / J. R. Ward; [tradução de Cristina Tognelli].
— São Paulo : Universo dos Livros, 2019.
    240 p. (Irmandade da Adaga Negra, v. 16,5)

    ISBN: 978-85-503-0438-0
    Título original: *Prisoner of night*

    1. Vampiros 2. Ficção norte-americana 3. Literatura erótica I. Título
II. Tognelli, Cristina III. Série

19-1266   CDD 813.6

Universo dos Livros Editora Ltda.
Rua do Bosque, 1589 – Bloco 2 – Conj. 603/606
CEP 01136-001 – Barra Funda – São Paulo/SP
Telefone/Fax: (11) 3392-3336
www.universodoslivros.com.br
e-mail: editor@universodoslivros.com.br
Siga-nos no Twitter: @univdoslivros

GLOSSÁRIO DE TERMOS
E NOMES PRÓPRIOS

Ahstrux nohtrum: Guarda particular com licença para matar, nomeado(a) pelo Rei.

Ahvenge: Cometer um ato de retribuição mortal, geralmente realizado por um macho amado.

As Escolhidas: Vampiras criadas para servir à Virgem Escriba. No passado eram voltadas mais para as coisas espirituais do que para as temporais, mas isso mudou com a ascensão do último Primale, que as libertou do Santuário. Com a renúncia da Virgem Escriba, elas estão completamente autônomas, aprendendo a viver na terra. Continuam a atender às necessidades de sangue dos membros não vinculados da Irmandade, bem como a dos Irmãos que não podem se alimentar das suas *shellan*.

Chrih: Símbolo de morte honrosa no Antigo Idioma.

Cio: Período fértil das vampiras. Em geral, dura dois dias e é acompanhado por intenso desejo sexual. Ocorre pela primeira vez aproximadamente cinco anos após a transição da fêmea e, a partir daí, uma vez a cada dez anos. Todos os machos respondem em certa medida se estiverem por perto de uma fêmea no cio. Pode ser uma época perigosa, com conflitos e lutas entre os machos, especialmente se a fêmea não tiver companheiro.

Conthendha: Conflito entre dois machos que competem pelo direito de ser o companheiro de uma fêmea.

Dhunhd: Inferno.

Doggen: Membro da classe servil no mundo dos vampiros. Os *doggens* seguem as antigas e conservadoras tradições de servir seus superiores, obedecendo a códigos formais no comportamento e no vestir. Podem sair durante o dia, mas envelhecem relativamente rápido. Sua expectativa de vida é de aproximadamente quinhentos anos.

***Ehnclausuramento*:** Status conferido pelo Rei a uma fêmea da aristocracia em resposta a uma petição de seus familiares. Subjuga uma fêmea à autoridade de um responsável único, o *tuhtor*, geralmente o macho mais velho da casa. Seu *tuhtor*, então, tem o direito legal de determinar todos os aspectos de sua vida, restringindo, segundo sua vontade, toda e qualquer interação dela com o mundo.

***Ehros*:** Uma Escolhida treinada em artes sexuais.

Escravo de sangue: Vampiro macho ou fêmea que foi subjugado para satisfazer a necessidade de sangue de outros vampiros. A prática de manter escravos de sangue recentemente foi proscrita.

***Exhile dhoble*:** O gêmeo mau ou maldito, o segundo a nascer.

***Fade*:** Reino atemporal onde os mortos reúnem-se com seus entes queridos e ali passam toda a eternidade.

***Ghia*:** Equivalente a padrinho ou madrinha de um indivíduo.

***Glymera*:** A nata da aristocracia, equivalente à corte no período de Regência na Inglaterra.

***Hellren*:** Vampiro macho que tem uma companheira. Os machos podem ter mais de uma fêmea.

***Hyslop*:** Termo que se refere a um lapso de julgamento, tipicamente resultando no comprometimento das operações mecânicas ou da posse legal de um veículo ou transporte motorizado de qualquer tipo. Por exemplo, deixar as chaves no contato de um carro estacionado do lado de fora da casa da família durante a noite – resultando no roubo do carro.

***Inthocada*:** Uma virgem.

Irmandade da Adaga Negra: Guerreiros vampiros altamente treinados para proteger sua espécie contra a Sociedade Redutora. Resultado de cruzamentos seletivos dentro da raça, os membros da Irmandade possuem imensa força física e mental, assim como a capacidade de se recuperar rapidamente de ferimentos. Não é constituída majoritariamente por irmãos de sangue e são iniciados na Irmandade por indicação de seus membros. Agressivos, autossuficientes e reservados por natureza, são tema para lendas e reverenciados no mundo dos vampiros. Só podem ser mortos por ferimentos muito graves, como tiros ou uma punhalada no coração.

Leelan: Termo carinhoso que pode ser traduzido aproximadamente como "muito amada".

Lhenihan: Fera mítica reconhecida por suas proezas sexuais. Atualmente, refere-se a um macho de tamanho sobrenatural e alto vigor sexual.

Lewlhen: Presente.

Lheage: Um termo respeitoso utilizado por uma submissa sexual para referir-se a seu dominante.

Libhertador: Salvador.

Lídher: Pessoa com poder e influência.

Lys: Instrumento de tortura usado para remover os olhos.

Mahmen: Mãe. Usado como um termo identificador e de afeto.

Mhis: O disfarce de um determinado ambiente físico; a criação de um campo de ilusão.

Nalla/nallum: Termo carinhoso que significa "amada"/"amado".

Ômega: Figura mística e maligna que almeja a extinção dos vampiros devido a um ressentimento contra a Virgem Escriba. Existe em um reino atemporal e possui grandes poderes, entre os quais, no entanto, não se encontra a capacidade de criar.

Perdição: Refere-se a uma fraqueza crítica em um indivíduo. Pode ser interna, como um vício, ou externa, como uma paixão.

Primeira Família: O Rei e a Rainha dos vampiros e sua descendência.

Princeps: O nível mais elevado da aristocracia dos vampiros, só suplantado pelos membros da Primeira Família ou pelas Escolhidas da Virgem Escriba. O título é hereditário e não pode ser outorgado.

Redutor: Membro da Sociedade Redutora, é um humano sem alma empenhado na exterminação dos vampiros. Os *redutores* só morrem se forem apunhalados no peito; do contrário, vivem eternamente, sem envelhecer. Não comem nem bebem e são impotentes. Com o tempo, seus cabelos, pele e íris perdem toda a pigmentação. Cheiram a talco de bebê. Depois de iniciados na Sociedade por Ômega, conservam uma urna de cerâmica, na qual seu coração foi depositado após ter sido removido.

Ríhgido: Termo que se refere à potência do órgão sexual masculino. A tradução literal seria algo aproximado de "digno de penetrar uma fêmea".

Rytho: Forma ritual de lavar a honra, oferecida pelo ofensor ao ofendido. Se aceito, o ofendido escolhe uma arma e ataca o ofensor, que se apresenta desprotegido perante ele.

Shellan: Vampira que tem um companheiro. Em geral, as fêmeas não têm mais de um macho devido à natureza fortemente territorial deles.

Sociedade Redutora: Ordem de assassinos constituída por Ômega com o propósito de erradicar a espécie dos vampiros.

Symphato: Espécie dentro da raça vampírica, caracterizada por capacidade e desejo de manipular emoções nos outros (com o propósito de trocar energia), entre outras peculiaridades. Historicamente, foram discriminados e, em certas épocas, caçados pelos vampiros. Estão quase extintos.

Transição: Momento crítico na vida dos vampiros, quando ele ou ela transforma-se em adulto. A partir daí, precisam beber sangue do sexo oposto para sobreviver e não suportam a luz do dia. Geralmente, ocorre por volta dos 25 anos. Alguns vampiros não sobrevivem à transição, sobretudo os machos. Antes da mudança, os vampiros são fisicamente frágeis, inaptos ou indiferentes para o sexo, e incapazes de se desmaterializar.

Trahyner: Termo usado entre machos em sinal de respeito e afeição. Pode ser traduzido como "querido amigo".

Tuhtor: Guardião de um indivíduo. Há vários graus de *tuhtors*, sendo o mais poderoso aquele responsável por uma fêmea *ehnclausurada*.

Tumba: Cripta sagrada da Irmandade da Adaga Negra. Usada como local de cerimônias e como depósito das urnas dos *redutores*. Entre as cerimônias ali realizadas estão iniciações, funerais e ações disciplinadoras contra os Irmãos. O acesso a ela é vedado, exceto aos membros da Irmandade, à Virgem Escriba e aos candidatos à iniciação.

Vampiro: Membro de uma espécie à parte do *Homo sapiens*. Os vampiros precisam beber sangue do sexo oposto para sobreviver. O sangue humano os mantém vivos, mas sua força não dura muito tempo. Após sua transição, que geralmente ocorre aos 25 anos, são incapazes de sair à luz do dia e devem alimentar-se na veia regularmente. Os vampiros não podem "converter" os humanos por meio de uma mordida ou transferência de sangue, embora, ainda que raramente, sejam capazes de procriar com a outra espécie. Podem se desmaterializar por meio da vontade, mas precisam estar calmos e concentrados para consegui-lo, e não podem levar nada pesado consigo. São capazes de apagar as lembranças das pessoas, desde que recentes. Alguns vampiros são capazes de ler a mente. Sua expectativa de vida ultrapassa os mil anos, sendo que, em certos casos, vai bem além disso.

Viajantes: Indivíduos que morreram e voltaram vivos do Fade. Inspiram grande respeito e são reverenciados por suas façanhas.

Virgem Escriba: Força mística que anteriormente foi conselheira do Rei, bem como guardiã dos registros vampíricos e distribuidora de privilégios. Existia em um reino atemporal e possuía grandes poderes, mas recentemente renunciou ao seu posto em favor de outro. Capaz de um único ato de criação, que usou para trazer os vampiros à existência.

*Dedicado a vocês dois. Porque, às vezes, o monstro na verdade
é o bom moço. Espere, estou encarnando Tohr e Beth?*

PRÓLOGO

Vinte e um anos, três meses e seis dias antes...

– Onde fica? Maldito seja, onde fica?

Duran cuspiu sangue e falou acima do tinir dos ouvidos:

– Eu nunca lhe direi...

Chalen, o Conquistador, moveu a palma aberta de novo, acertando o rosto lacerado de Duran como um taco numa bola. Mas isso não doeu tanto quanto as outras merdas que vinham lhe infligindo no salão do castelo. Já haviam lhe arrancado as unhas, quebrado os dedos dos pés e chicoteado as costas até que faixas de pele se dobrassem sobre as costelas. Naquele momento, ele não tinha forças para se manter de pé, mas não havia com o que se preocupar: dois guardas, prendendo-o pelas axilas, o sustentavam longe do chão.

Quando a cabeça oscilou de volta à sua posição pendente, ele a sacudiu para tirar o suor e o sangue dos olhos. Na luz sibilante da lareira, o macho diante dele era bem estruturado e feio de feições, um tronco de carvalho com uma fuça de buldogue e comportamento de um maldito urso faminto.

– Você me dirá a localização. – Chalen segurou Duran pelo pescoço com as duas mãos grossas. – E fará isso agora.

– Lamento... Não sou de... falar muito.

O Conquistador agarrou a parte inferior do rosto de Duran, apertando com tanta força que a mandíbula se deslocou e o interior da boca foi forçado entre os molares duros e afiados. Mais sangue se empoçou, se derramou e caiu pelo peito nu.

– Por que protege o macho que o colocou aqui? – Os olhos opacos de Chalen vasculhavam a expressão de Duran como se tentasse enxergar um mapa de Maryland em suas feições. – Você só tem que me contar onde ficam as instalações. O seu pai tem algo que me pertence.

Duran esperou que a pegada se afrouxasse. Quando isso aconteceu, ele cuspiu mais sangue.

– Não o estou... protegendo.

– Então o que está fazendo?

– Garantindo que não me roube o que é meu. – Duran sorriu, ciente de que devia parecer demente. – Se você o mata... eu não posso fazer isso. No tocante a vinganças, filhos precedem sócios nos negócios.

Chalen cruzou os braços fortes diante do peito largo. Estava vestido com armas, pois quaisquer roupas que usasse por baixo dos coldres e facas embainhadas estavam bem cobertas pelos metais. Mas não havia adagas. Ele nunca teve os atributos necessários para a Irmandade da Adaga Negra e não só por ser considerado um vira-lata por conta da sua linhagem: mesmo no mercado negro dos ladrões havia um código de conduta.

Mas não para Chalen. Ele não tinha código algum. Não no Antigo País nem durante o último século vivido ali, no Novo Mundo.

Só existia um macho pior do que ele.

Não era surpresa que os dois tivessem ganhado tanto dinheiro juntos com o tráfico de drogas.

– Vou partir você ao meio – Chalen disse numa voz baixa. – E vou apreciar fazer isso.

Duran riu num chiado.

– Você não faz ideia das situações por que passei...

Chalen golpeou-o com a palma aberta outra vez. O baque foi tão forte que Duran perdeu a visão e tudo ficou branco e preto. Houve queda de pressão, com o cérebro desprovido de oxigênio, uma dissociação flutuante foi surgindo, um salvador nebuloso atenuando o sofrimento.

O som das correntes se movendo e de engrenagens rodando o trouxeram de volta à realidade. Uma repartição de pedra limosa foi se erguendo centímetro a centímetro, o peso imenso ascendendo como um portão, revelando um corredor...

Revelando um macho nu, a não ser por um capuz preto que lhe cobria a cabeça.

— Farei com que implore pela morte — Chalen disse. — E quando me der o que quero, você se lembrará deste momento. Quando poderia ter se poupado de tanto sofrimento.

Duran exalou num gorgolejo. O corpo ardia em chamas, a dor queimava suas veias, transformando-o numa espécie de incubadora de agonia semiconsciente e quase respirando.

Mas Chalen que se fodesse.

— Faça o que quiser — murmurou. — Não lhe darei porra nenhuma.

— Farei com que deseje nunca ter nascido.

Conforme o macho encapuzado se aproximava, Duran foi arrastado e teve o rosto empurrado contra a superfície de uma mesa, o tronco permanecendo paralelo ao chão. Virando o rosto de lado, sentiu o cheiro de carne estragada e de gordura rançosa impregnadas nas fibras da madeira.

— Já estou nesse ponto, babaca.

O rosto de Chalen apareceu na altura da mesa, e seus olhos se encontraram.

— Sabe que ele simplesmente o deu para mim. Ele nem sequer ficou com meu dinheiro. Apenas o entregou aqui e o largou como se fosse lixo.

— Ninguém nunca acusou meu pai de se importar com alguma coisa.

— Você precisa saber com quem está lidando...

— Espero que fique para assistir a isso. — Quando Chalen se mostrou confuso, Duran sorriu em meio ao sangue novamente. — Quero olhar para você enquanto acontecer. Quando tudo acontecer.

— Não haverá misericórdia.

– Não a quero. – Duran sentiu as calças sendo cortadas com tesouras. – Agora você também está na minha lista. Matarei meu pai e você.

Chalen gargalhou, as presas aparecendo. A da esquerda não era tão alongada, como se parte tivesse se quebrado no pescoço de alguém. Na perna. No rosto.

– Esse não é o seu destino.

– Farei com que seja. – Duran começou a memorizar cada poro, cada cílio, cada pinta daqueles olhos castanhos esverdeados. – E não fracassarei.

– É tanto otimismo. Espero que ele persista, visto que pretendo arrancá-lo de você. Última chance. Conte-me onde está o seu pai, e eu o libertarei.

– Eu o verei no *Dhunhd* antes de isso acontecer.

Chalen balançou a cabeça e se endireitou.

– Apenas lembre: você poderia ter impedido isto…

Capítulo 1

Dias atuais

Ainda existem segredos na América. A despeito de sua densidade populacional, da internet, da força policial moderna e da constante invasão dos telefones celulares, ainda resta, em toda vastidão dessa grande nação, porções inteiras de colinas e várzeas quase inabitadas. Não investigadas. Fora das vistas dos curiosos.

Tanto para humanos quanto para vampiros.

Ahmare, filha de Ahmat, dirigiu noite afora, só em autoestradas que subiam e desciam os terrenos preguiçosos dos Apalaches. Estava distante de Caldwell, Nova York, depois de umas boas sete horas de viagem, bem próxima ao seu destino. Parara apenas uma vez, num posto de gasolina ao longo da estrada para encher o tanque. Medira o tempo gasto ali. Oito minutos desde a inserção do cartão de crédito até voltar a fechar a tampa do tanque de combustível.

Um macho humano que estivera fazendo o mesmo com sua motocicleta olhara para ela, demorando-se em seu corpo, o desejo sexual evidente debaixo da luz forte das lâmpadas fluorescentes.

Quando caminhara na direção dela, todo cheio de si, bancando o gostosão, ela chegou a fantasiar castrá-lo tanto para que não a importunasse quanto para prestar um serviço à humanidade.

Mas não podia se dar ao luxo desse atraso – e, o mais importante, podia até ter imaginado algo assim, mas não era uma assassina nata.

Acabara de descobrir isso.

O bastardo lascivo, contudo, merecia de fato uma correção e, se ela fosse diferente, seria mesmo a mensageira ideal para tal. Vampiros eram imensamente superiores àqueles ratos sem cauda, portanto não precisaria de mais do que alguns minutos para dominá-lo e arrastá-lo para a parte de trás do posto e sacar sua faca de caça.

O problema com os humanos, porém, era que se tratavam de uma praga invasiva não letal, como formigas invadiam o que, de outro modo, seria um piquenique agradável. E a última coisa de que ela precisava era um punhado de policiais de... – em que Estado estava agora? Maryland? – com sotaques sulistas dando sinal com as lanternas dos carros, obrigando-a a parar no acostamento da estrada dali a quinze quilômetros e acusando-a de agressão só porque o atendente daquele lugarzinho tomado de propagandas lotéricas conseguira identificá-la.

O que não seria muito difícil. Não havia muitas fêmeas com mais de um metro e oitenta de altura vestidas todas de preto abastecendo às três da manhã. E as câmeras de segurança sem dúvida captariam a placa do seu Explorer.

Portanto, em vez de agir, dissera ao humano cheio de ideias brilhantes que ele teria mais sucesso indo se foder do que tentando fodê-la. Depois disso, voltara a entrar no SUV e pegara a estrada, pensando que a habilidade de superar sua agressividade em prol de um objetivo maior mostrava-se mais um clichê na longa lista de diferenças entre os *Homo sapiens* e os vampiros: em grande parte, sua raça possuía racionalidade evoluída.

Embora, talvez, tal qualidade não fosse intrínseca às divergências da constituição cerebral entre as duas espécies, mas, em vez disso, o resultado da expectativa de vida muito maior entre os vampiros. Quando se vive o bastante, há a tendência de colocar tudo em perspectivas melhores. Permaneça concentrado nos seus objetivos. Entenda que o sacrifício presente terá frutos dez vezes mais valiosos.

O que explicava o motivo de ela ir tirar seu irmão muito mais jovem do calabouço de um déspota.

Acima, raios cruzavam o aveludado céu negro, e, bem quando granizo começou a bater em seu para-brisa como bolas de gude, sua saída apareceu num verde e branco brilhante sob a luz dos seus faróis.

Saindo da interestadual, trafegou ao longo de uma série de estradinhas que foram se estreitando e se tornando mais degradadas. Quando encostou o carro numa rua de terra uns dez minutos mais tarde, a tempestade de verão caía com força, fortes rajadas de vento e chuva abundante curvando árvores frondosas e cobertas por trepadeiras, soltando-as pouco antes de arrancá-las pelas raízes.

E lá estava.

A fortaleza centenária de Chalen, o Conquistador, no Novo Mundo.

Era isso ou um vilão da Disney saíra de um filme para fugir de toda aquela maldita cantoria e se instalara nessa floresta densa para chutar cachorrinhos e assustar criancinhas.

A fortaleza de pedras tinha muros altos com fendas estreitas, das quais se poderia atirar, e posições de defesa ao longo de todo o parapeito do telhado. A entrada até mesmo tinha uma ponte que podia ser elevada de cima de um fosso escuro para trancá-la. Só o que faltava eram os jacarés – e existia uma boa possibilidade de nem isso estar ausente.

Ah, aguardavam por ela.

Quando parou num estacionamento de pedriscos, dois machos se afastaram das sombras da lateral do castelo da ponte levadiça abaixada. Não pareciam se importar com a tempestade, e a ausência de armas visíveis não era algo que a enganaria.

Eram um par de assassinos impiedosos. Qualquer um que trabalhasse para Chalen era isso.

Ela tirou a pistola e a faca que portava e as escondeu debaixo do banco. Depois vestiu uma jaqueta e se virou para a bolsa de lona que viajara de carona ao seu lado durante todo o trajeto. Uma onda de náusea fez com que ela refreasse a ânsia, mas segurou as alças e saiu do carro. Trancando-o, levou as chaves consigo.

A tempestade a atacava tal qual um agressor, e Ahmare firmou os pés conforme avançava pelas poças e pela lama. Um raio cortou os céus, e a jovem percebeu as trepadeiras pretas que cresciam emaranhadas, desprovidas de folhagem, apesar de estarem no verão, cobrindo as paredes lisas de pedras do castelo como se fossem as mãos agarrando dos muitos mortos por Chalen.

Será que ele era atormentado por seus atos?, ela se questionou. Será que se importava com a ruína provocada em tantos?

Ahmare atravessou as pranchas de madeira que estavam escorregadias e rescendiam a alcatrão. Espiando pela beirada, não viu nada se mexer na água parada.

Parou diante dos guardas. Usavam apetrechos que repuxavam os lábios para trás, expondo as presas afiadas como adagas embainhadas na boca de ambos. Esperou ser revistada, mas eles não se moveram na direção dela.

Franzindo o cenho, disse:

— Estou aqui para ver...

A porta gigantesca do castelo se abriu, erguendo-se. O rangido e o rilhado das engrenagens tão alto que o som de metal contra metal abafou até mesmo os trovões. Nenhum dos guardas lhe disse que entrasse, mas, pensando bem, eles não podiam. Todos os guardas de Chalen e seus criados tinham as laringes removidas.

Adentrando o interior iluminado por tochas, ela se viu num grande salão, sentindo cheiro de mofo antigo e de terra velha como se o lugar fosse uma cripta. Não havia nenhum tapete. Nenhuma tapeçaria nas paredes de pedra. Nenhum calor, apesar do fogo aceso na lareira do tamanho de um cômodo. Havia apenas uma mesa rudimentar, estreita, comprida e manchada, com bancos nas laterais e uma única cadeira em forma de trono numa das pontas. Acima, um candelabro de lamparinas oscilava na corrente bem de leve, e a origem do movimento permanecia incerta.

Dentro de sua pele, de sua alma, cada parte gritava para que saísse dali. Que corresse. Que nunca voltasse ali.

Que se esquecesse de como localizara esse lugar...

Algo pingava, e Ahmare estreitou os olhos para as sombras do canto distante, esperando ver corpos pendurados em ganchos de açougueiro, no meio do processo de dessangramento. Nada disso. Apenas uma goteira formada graças a uma combinação de rachaduras na argamassa e da chuva forte. Também havia uma porta fechada com um arco pontudo no topo e dobradiças feias que deviam ter sido feitas pelas mãos sujas e imensas de um ogro.

Deveria ter levado as armas consigo. Não a revistaram.

De súbito, uma imagem da infância lhe veio à mente, como um inocente entrando num matadouro: o irmão de poucos meses nos seus braços, fitando-a com os olhos arregalados e a pequenina boca em forma de botão se contraindo e sorrindo. Na época, a *mahmen* deles estava viva e bem, cozinhando junto ao fogão, e o pai sentara-se à mesa da cozinha, lendo um jornal cuja manchete era: NIXON SOFRE IMPEACHMENT.

Ahmare passara pela transição há décadas e vinha estudando enfermagem num programa para humanos. Temeram pela segurança de sua *mahmen* no parto do segundo filho e pela fortuna da família, que, embora pouca em termos de posses materiais, parecera tão vasta e permanente quanto a própria história, caso fosse mensurada em termos de amor e de lealdade.

Como fora parar ali? Como o irmão...

Correntes se movendo em engrenagens antigas fizeram com que virasse a cabeça. Uma seção da parede de pedra se erguia, revelando, centímetro a centímetro, uma figura coberta de preto dos pés à cabeça.

– Ele a verá agora – disse uma voz eletrônica.

O cheiro sugeria que fosse uma fêmea. No entanto, havia algo errado. O cheiro estava estranho...

Gangrena. Pele pútrida debaixo daquele manto.

E ela falava com o auxílio de uma caixa de voz.

– Estou pronta – Ahmare disse.

– Por aqui. – A fêmea indicou o corredor de trás. – Siga-me.

Indo atrás da fêmea, Ahmare acompanhou os movimentos por baixo do manto. Havia um claudicar e um arrasto, como se um pé, ou talvez a perna toda, fosse um peso morto inútil.

Que diabos fora feito ao irmão ali?, ela pensou.

O corredor pelo qual seguiram tinha pé-direito alto e tochas em arandelas de aço a cada dois metros mais ou menos. Ratos corriam afluentes pela lateral, formando uma fila como se não quisessem atrair a atenção, passando por cima ou por baixo uns dos outros, dependendo se iam ao norte ou ao sul em suas trajetórias. Acima, teias de aranha oscilavam nas correntes de ar como tecidos em seus últimos estados de desintegração.

A figura encapuzada parou diante de uma porta com uma ponta gótica no topo. A mão que se esticou estava envolvida em gaze suja, e foi com muito esforço que a fêmea empurrou a porta pesada.

– Em frente – disse o sintetizador.

Ahmare passou pela soleira e parou onde estava quando a porta foi fechada. Adiante, numa plataforma elevada, um trono de carvalho, com entalhes de figuras sendo torturadas, estava de costas para ela.

– Bem na hora – disse uma voz fina. – A pontualidade é algo muito importante.

A plataforma começou a girar com um rangido, o trono se virando devagar, e Ahmare segurou com mais força a alça da bolsa de lona. Chalen saíra do campo de guerra de Bloodletter séculos antes, aperfeiçoado pelo guerreiro sádico em uma máquina de matar eficiente apenas quando tinha de ser. De outro modo, era bem sabido que ele preferia a agonia a qualquer modo de despacho rápido...

A respiração de Ahmare ficou em suspenso. E depois saiu apressada.

– Não era o que esperava? – disse o assassino quando a plataforma parou.

Debaixo de uma coroa torta na qual faltava uma pedra bem na frente, o cadáver contorcido e com marcas de varíola largado na peça de madeira estava no estágio final antes da morte. Vampiros não eram como humanos no tocante ao processo do envelhecimento. Em vez de um declínio lento até a idade avançada, a espécie passava pela transição para chegar à maturidade aos 25 anos aproximadamente, depois da qual os corpos permaneciam num estado de condição física plena até quase o fim da vida. Nesse ponto, uma degeneração rápida acontecia, as capacidades sucumbindo com rapidez, levando a pessoa ao túmulo.

Chalen, o Conquistador, teria apenas mais algumas semanas. Se não menos.

Uma mão esquelética se estendeu para fora do manto e se agarrou no braço do trono. Houve um grunhido quando ele se reposicionou, e quando o rosto enrugado e em deterioração se contorceu, ela imaginou como deve ter sido sua aparência em seu auge. Ouvira histórias de um macho imenso cuja força bruta só era superada pelo gosto à crueldade.

Foi difícil ir daí para o estado em que se encontrava agora.

– A idade avançada não é para os fracos de coração. – O sorriso revelou muitos dentes faltantes, apenas uma presa quebrada restando do lado esquerdo. – Eu a previno de sua chegada quando for a sua hora.

– Tenho o que me pediu.

– Tem? Fêmea esperta. Deixe-me ver.

Ahmare largou a bolsa e abriu o zíper, certificando-se de esconder as emoções. Enfiando a mão, desfez o nó do saco de lixo e inseriu a mão dentro do plástico. Segurando cabelos loiros e sujos de sangue, ela retirou uma cabeça decepada, o cheiro de carne crua e fresca tomando conta do ambiente.

A gargalhada de Chalen era o tipo de lembrança que permaneceria com ela. Grave, satisfeita… e nostálgica. Como se ele desejasse ter sido o responsável por aquela morte.

– Fêmea muito, muito esperta… – ele sussurrou.

A mão ossuda soltou do braço e apontou para a lareira fria.

– Coloque-a ali. Tenho um lugar para ele.

Ahmare se aproximou da lança que fora inserida num buraco perfurado no piso de pedras. Erguendo a cabeça, ela posicionou a ponta afiada na base do crânio e a empurrou para baixo. Enquanto forçava a empalação, teve de encarar o rosto daquele que matara: os olhos estavam abertos, mas nada viam; a pele, cinza; a boca, frouxa e grotesca. Fios de tendões e de ligamentos, como os tentáculos de uma água-viva, pendiam de onde ela cortara a coluna cervical toscamente.

Fora um trabalho malfeito. Nunca matara antes. Nunca decapitara antes. E o esforço exigido para arrancar a parte de cima do dente-de-leão, por assim dizer, fora uma revelação suarenta, suja e horrenda.

Quando se virou, desejou vomitar. Mas o humano fora um merda, um traficante de drogas amoral que vendera porcarias para crianças. E contaminara o irmão com a promessa falsa de ganhos financeiros. E cometera o erro colossal de criar um plano para trapacear seu fornecedor.

Por que me obrigou a fazer isso?, pensou a respeito do irmão.

– Conte-me como foi matá-lo – Chalen ordenou.

Havia um tom voraz no comando, um desejo que necessitava ser alimentado, uma luz piloto que queimava dentro da casca vazia que nunca, jamais tornaria a ferver uma panela.

– Me dê o meu irmão – ela disse séria. – E lhe contarei passo a passo.

Capítulo 2

– O seu irmão está bem.

Quando Chalen falou, foi como algo largado, um punhado de sílabas emboladas que ele não se deu ao trabalho de enunciar com clareza. Como se o assunto tivesse sido esquecido ou, talvez, nunca tivesse sido uma prioridade.

Ahmare estreitou o olhar.

– Onde está Ahlan?

Chalen encarou a cabeça espetada, a pele murcha acima dos olhos, um toldo da idade que deve ter diminuído seu campo de visão.

– Como foi? O que sentiu ao apoiar o ombro no cabo e a lâmina entrar entre as vértebras...

– Traga-me o meu irmão agora. Esse foi o nosso acordo. Eu entregaria prova de ter matado Rollie, você me entregaria o meu irmão.

– A idade avançada é um larápio que nem eu consigo superar.

Ela se colocou no campo de visão dele, bloqueando a vista do seu assassinato.

– Traga-me o meu irmão.

Chalen sobressaltou-se como se estivesse surpreso em vê-la ali com ele. Piscando, passou uma mão esquelética sobre a testa enrugada. Em seguida, concentrou-se em Ahmare. Após um instante, seu olhar se estreitou como quem avalia algo, prova de que o macho que sempre fora ainda estava vivo sob a casca antiga.

— Há algo mais que você precisa fazer antes — ele disse.

— Já fiz o bastante por você.

— Fez? Acha mesmo? Isso sou eu quem decide, não acha?

— Traga-me...

— O seu irmão, sim, sim, já deixou isso claro. No entanto, não farei isso. Não agora.

Ahmare deu um passo adiante antes de sequer perceber que se mexia, pois uma onda de agressão a impulsionou...

Parou quando um par de guardas saiu dos cantos escuros.

— Isso mesmo — Chalen murmurou. — Melhor você repensar suas manobras agressivas. Posso parecer fraco, mas estou no comando aqui. Isso não mudou nem mudará.

Ela apontou para a lareira.

— Fiz aquilo por você. Você está me devendo.

— Não. Quatro noites atrás, o seu irmão me roubou 276.457 dólares, e, em meu direito, reivindiquei sua forma física como pagamento da dívida. Você — apontou para ela — veio até mim quando não conseguia encontrá-lo. Perguntou como poderia recuperar seu parente. Eu lhe disse para matá-lo — o dedo se moveu para a cabeça decepada, e você o fez. O que deixou de entender foi que, ao concordar com meus termos, essa morte sanava a dívida de Rollie comigo. Isso não se relacionava ao seu irmão, portanto você e eu ainda temos uma negociação a fazer, presumindo que não queira que eu o torture até a morte. Ao longo de algumas noites. E envie o cadáver dele aos poucos para Caldwell.

— Vá se foder — ela sussurrou.

Dois outros guardas surgiram das sombras.

Encarando-os, Ahmare cruzou os braços diante do peito para não fazer nenhuma estupidez.

— Que linguagem para uma fêmea tão gentil. — Chalen mudou de posição no trono como se seus ossos doessem. — Considerando-se tudo, você tem sorte por ter algo a me dar. Para mim é muito fácil me livrar de pessoas inúteis.

– Não precisa de mim. Você tem este lugar cheio de machos dispostos a fazer o que quer que você queira. Se tem mais alguma brilhante ideia, deixe que eles a executem.

– Mas talvez esse seja o problema. – Chalen sorriu com frieza. – Venho utilizando o sexo errado esse tempo todo. Fico pensando agora que deveria ter colocado uma fêmea para resolver esse assunto específico, e você já provou que consegue executar uma tarefa. Além disso, como a maioria das fêmeas, você tem um gosto excepcional para decoração. Agora tenho essa bela obra de arte graças aos seus esforços.

Ahmare olhou ao redor da sala do trono, ou sabe-se lá como ele chamava aquele lugar. Não havia uma rota de fuga visível, e ela estava desarmada, conforme lhe fora instruído. Ela era boa em combate corpo a corpo, graças ao seu treinamento de defesa pessoal e de artes marciais, mas enfrentar múltiplos machos armados de sua própria espécie...

– Há vinte anos, algo muito precioso foi tomado de mim. – Chalen voltou a fitar a cabeça. – Minha amada foi roubada. Em toda a minha vida, essa foi a única vez em que fui violentado dessa maneira, e venho procurando por ela, rezando pelo seu regresso.

– Isso não tem nada a ver comigo.

– Então seu irmão morrerá. – Chalen empurrou a meia coroa para trás sobre a cabeça calva, os diamantes restantes brilhando descorados. – Você tem que entender que está no controle do resultado. Não me importo se ele for morto ou voltar para casa com você. Traga-me de volta a minha amada, e eu lhe darei o sangue do seu sangue. Ou cozinharei a carne arrancada dos ossos dele e a servirei como Última Refeição. O que tiver de ser, será.

Primeiro ela ouviu as correntes. Depois os gemidos. Ambos ao longe... Vindos de baixo?

Com uma série de estalidos, uma seção do chão se abriu na base da plataforma, um painel de madeira quadrado de dois por dois metros que ela não notara deslizando para trás para revelar um nível subterrâneo, uns dez metros abaixo.

Era uma arena. Um antigo ringue de combate, e no meio dele...

– Ahlan! – ela exclamou ao avançar.

Iluminado por tochas, o irmão estava nu, suspenso por dois guardas, a cabeça pendendo, as pernas curvadas para dentro, frouxas, e correntes de aço prendiam o corpo inerte. Sangue escorria pelas costas, e Ahmare soube, devido ao ângulo estranho dos pés, que os tornozelos do irmão haviam sido deslocados de propósito.

Ele não conseguiria correr.

Ela caiu de joelhos e se inclinou na beirada. Ao abrir a boca, quis berrar com ele por ter sido tolo e ganancioso, por permanecer num negócio do qual ela lhe dissera para sair, por aceitar a palavra de um traficante como Rollie, em quem ele não deveria ter confiado. Mas nada disso importava agora.

– Ahlan... – Ela pigarreou. – Estou aqui, consegue me ouvir?

– A vida é feita de momentos de clareza – Chalen disse numa voz fraca. – E sei que está tendo um agora. Você partirá e recuperará a minha amada. Quando retornar, verá que seu irmão será liberado da minha custódia. Ambos estarão livres para partir, todas as dívidas terão sido saldadas.

Lágrimas se formaram, mas ela não as deixou cair ao fitar o Conquistador.

– Não posso confiar em você.

– Claro que pode. Quando digo que matarei seu irmão se não me atender, estou falando sério. Além disso, juro que também a tomarei sob minha custódia, e assim descobrirá que, embora os machos da minha guarda pessoal não tenham cordas vocais, são, de outras maneiras, totalmente funcionais. Quando acabarem com você, se restar algo a ser morto, eu a darei como comida aos cães. Sirvo apenas carne masculina aos meus guardas.

Abaixo, Ahlan se moveu e se esforçou para levantar a cabeça. Quando isso não foi possível, ele a virou na posição pendida e apenas um olho injetado espiou Ahmare. Os lábios rachados se moveram, uma lágrima escorreu, descendo pelo nariz fraturado.

Sinto muito, ele pareceu dizer.

Aquela imagem dele de recém-nascido nos braços de Ahmare retornou, e ela o viu como o irmão fora há muito tempo, rechonchudo e rosado... aquecido... em segurança... enquanto a fitava com os olhos ligeiramente vesgos e amorosos.

– Vou tirar você daqui – ouviu-se dizer. – Aguente um pouco mais... e eu te tiro daqui.

– Muito bem – Chalen anunciou quando o painel voltou a se fechar. – Boa decisão.

Ahlan começou a se debater, as pernas se movendo em sinal de pânico.

– Ajude-me... Ahmare!

Ela se inclinou ainda mais.

– Retornarei em breve! Eu prometo... eu te amo...

A arena se fechou e ela cerrou os olhos por um momento. Abaixo, os gritos do irmão ficavam abafados, um eco de terror que mesmo assim ressoava alto como o motor de um jato em sua cabeça caótica.

O Conquistador grunhiu ao tentar erguer o corpo frágil do trono. A fêmea de manto com voz eletrônica se materializou ao lado dele, segurando uma bengala de ouro. Não o tocou, deixando que ele se erguesse sozinho.

– Venha – ele disse. – Você precisa se apressar antes que a aurora chegue, se quiser ser bem-sucedida. O seu irmão não receberá mais nenhuma atenção dos meus machos e tampouco terá auxílio médico. Seria uma pena perdê-lo por conta de uma falha natural do corpo dele enquanto você reflete sobre o inevitável.

Maldito seja, Ahlan, ela pensou. *Eu te disse que não existe dinheiro fácil.*

Todavia, não conseguia ficar brava com ele. Não até resgatá-lo e fazer com que recuperasse a saúde.

– E como demonstração de minha boa-fé – Chalen disse com o sorriso cheio de dentes irregulares –, eu lhe darei uma arma para garantir a sua segurança e o sucesso da sua empreitada.

Capítulo 3

O subterrâneo do castelo era um labirinto de corredores, todos úmidos e iluminados por tochas, seguindo tons monocromáticos de decoração. Até onde Ahmare podia afirmar, não havia ar ali embaixo, não que ela esperasse ventilação e conforto num lugar onde sequer havia eletricidade e era administrado por um louco que impossibilitara, literalmente, que seus subordinados argumentassem com ele.

À sua frente, Chalen era carregado num estrado sustentado por quatro guardas, um em cada ponta, o quarteto caminhando com coordenação perfeita como se fossem cavalos bem treinados de uma carruagem. De tempos em tempos, o Conquistador tossia, como se a oscilação suave – ou talvez o mofo das paredes e as fezes dos ratos no chão – lhe irritassem as vias aéreas.

Ahmare guardou de cabeça cada virada à esquerda e à direita, e todas as retas entre elas, montando na mente um mapa em 3D do complexo.

– Então você guarda a arma e a artilharia num depósito – ela murmurou. – Ou seria mais como um *bunker*?

– Tenho muitos segredos que não permito que outros saibam.

– Que sorte a minha.

– Você é bastante afortunada, é verdade.

A procissão parou, e um painel de rocha deslizou para trás para revelar mais um longo corredor. Esse, no entanto, estava escuro, e havia um cheiro que... não era o mesmo.

– Prossiga – Chalen ordenou. – E leve uma tocha.

– Vai deixar que eu escolha o que quiser? – perguntou secamente. – E se eu levar mais do que uma arma?

E se ela levasse o arsenal inteiro, desse meia-volta e matasse o filho da mãe ali e agora?

Interessante o quanto ela não se incomodava com essa ideia.

– Só há uma. E você levará o que lhe foi dado e partirá em sua missão, para retornar com o que é meu e ir embora com o que é seu.

– Sim, eu me lembro do acordo. – Ficou de frente para o Conquistador. – Mas não me disse aonde devo ir. Ou como reconhecerei a fêmea.

– Ficará óbvio para você. E se não ficar, bem, isso não será muito bom para o seu irmão.

– Mas que bobagem.

O rosto coberto de cicatrizes de Chalen se retorceu num sorriso vil.

– Não, é consequência das suas decisões e das de seu irmão. Ele escolheu roubar de mim. Você escolheu interceder em favor dele. Você se irrita com decisões tomadas livremente, e isso é tolice considerando-se que poderia ter ficado fora disso. Você abriu estas portas. Se não gosta dos cômodos que lhe são revelados, não há nada que eu ou qualquer outra pessoa possamos fazer.

Ela pensou no irmão pendurado como um cadáver entre aqueles dois guardas.

– Onde está a minha tocha? – ela exigiu.

Chalen gargalhou com suavidade.

– Ah, como eu gostaria de tê-la conhecido antes, quando eu era mais jovem. Você teria sido uma amante formidável.

Nunca, ela pensou quando um guarda apareceu ao seu lado.

Aceitou a tocha acesa e entrou no corredor.

– Um conselho – disse Chalen.

Ahmare relanceou por sobre o ombro.

– Fique com ele. E vá para o inferno.

Chalen mostrou de novo aquele sorriso que mais pareciam estacas quebradas de uma cerca, e Ahmare soube que veria aqueles dentes todos tortos em seus pesadelos.

– O meu lugar no *Dhunhd* já está garantido, mas obrigado pelos votos sinceros. O que quero é lembrá-la é que é falta de educação não devolver o que lhe é emprestado. Você deve trazer de volta a arma que lhe empresto em boas condições de uso. Se não o fizer, descobrirá que teremos mais uma dívida a saldar.

Dito isso, o painel voltou ao seu lugar num baque ressonante, e ela ficou trancada ali.

O sibilo da tocha era muito mais audível agora, e ela a moveu de lado a lado para avaliar onde estava, o calor aquecendo-lhe o rosto. Mais paredes úmidas. Mais ratos no chão...

Ao longe, ela ouviu água caindo... como se fosse um rio?

Avançando, tomou cuidado onde colocava os pés. A luz da tocha não iluminava muito além, a escuridão consumia a luz como se fosse uma refeição há tempos negada. Sombras projetadas de uma fonte de luz tão instável e bruxuleante faziam parecer que insetos rastejavam por todo o corredor. Talvez rastejassem.

Quando a nuca formigou, ela levou a mão até lá e a esfregou. O som de queda d'água se intensificou numa torrente contínua.

A curva chegou sem aviso, uma parede pareceu saltar em sua direção, e Ahmare parou pouco antes de bater nela. Orientando-se, virou à direta e seguiu em frente.

O primeiro conjunto de barras de ferro estava dez metros à frente, enterrado do teto ao chão, preso com argamassa e pedras, e seus instintos lhe disseram que se mantivesse afastada delas.

Era uma cela. Como uma jaula que se vê num zoológico.

E havia algo dentro dela.

Parando, moveu a tocha num arco amplo. Desejava ver prateleiras de armas. Caixas de balas. Coldres para prender as armas ao corpo.

Era isso o que procurava.

A água corrente estava tão alta que abafou...

Tochas apoiadas nas paredes se iluminaram de repente, e ela saltou com um grito. Virando na direção das barras, moveu a própria tocha tentando enxergar dentro da cela. Lascas de algo espantosamente branco chamaram a sua atenção no chão.

Ossos. Eram ossos compridos, desprovidos de carne e largados em pilhas, um verdadeiro jogo de varetas espalhadas depois que um animal de grande porte, como uma vaca, fora consumido. Ou talvez... talvez fosse um guarda que conseguira ser "despedido".

E não foi só isso que ela viu. Havia um brilho estranho, como uma ilusão de ótica uns dois metros atrás das barras, algo iridescente...

Era uma cascata de uns três ou quatro metros de altura, derramando-se de uma fenda fina que ziguezagueava no teto. Escoamento da chuva, ela concluiu. Tinha de ser a fonte.

– Quem está aí? – Ahmare exigiu saber.

Uma forma apareceu do outro lado da água, aproximando-se. Quando o coração começou a bater forte, sua boca secou.

– Apareça. – Recuou mais um passo. – Não tenho medo de você.

Quando as omoplatas bateram em algo frio e irregular, a jovem percebeu que chegara à parede oposta e lembrou-se de que estava presa ali. A boa notícia era que não via falha alguma na fileira de barras, e elas eram tão próximas umas das outras que nada grande o bastante capaz de ter roído aqueles ossos conseguiria se espremer por entre elas.

Apenas continue, ela disse a si mesma ao esfregar a nuca de novo. As armas deviam estar mais adiante...

Ahmare gritou tão alto que desentocou os morcegos dos cantos escuros.

Capítulo 4

A primavera chegara em meio a um inverno rigoroso.

Chamado por uma presença inesperada, o corpo de Duran atravessou a água que jorrava em sua cela, separando a torrente, interrompendo o fluxo cristalino caótico. A chuva de verão estava quente ao bater em sua cabeça e descer pelos cabelos compridos, banhando os ombros e o tronco num alívio do frio que ele sabia, por experiência, não duraria muito.

O frio do calabouço era como a maldição sob a qual vivia, penetrante e implacável, e, em geral, ele não procuraria aquele bálsamo. O regresso ao frio em que vivia era mais difícil de suportar do que compensava qualquer breve alívio.

Era melhor permanecer na dor a ter de se acostumar novamente a ela.

Mas aquele *perfume*.

Santa Virgem Escriba, que perfume. Atraiu-o para a frente, arrancando-o da lógica de adaptação que o alertava para que não se aquecesse.

Do lado oposto da água, ele não se deu ao trabalho de enxugar o rosto e os cabelos que pingavam. Não precisou que os olhos a venerassem. O nariz lhe contou tudo o que ele queria, o que precisava saber. Ela era o alimento em meio à fome corrosiva. Um fogo que não o queimaria. Ar num lugar sufocante.

Seus instintos lhe disseram tudo isso, instantânea e irrevogavelmente. E então ela gritou.

O som de terror o tirou do transe da fascinação, e conforme o frio voltava a consumi-lo, um invasor retomando a posse de uma propriedade que não era sua, seu raciocínio despachou os sentidos e assumiu o controle.

Agora se concentrava nas mechas molhadas de cabelos, os olhos penetrando a distância e as barras que os separavam.

A tocha que ela segurava emanava uma luz tremeluzente, a chama alaranjada dançando sobre o rosto, pescoço e ombros poderosos. Ela era alta para uma fêmea e parecia forte, com cabelos escuros presos atrás. As roupas pretas, como se fosse uma caçadora na noite, eram de um estilo desconhecido para ele, a jaqueta feita de um material diferente do algodão.

Com um tapa, ela cobriu a boca aberta, pondo fim ao som produzido, cortando-o como um galho de um tronco. Olhos claros e arregalados emoldurados por cílios e sobrancelhas escuros o perscrutaram, percebendo sua nudez, o corpo musculoso – as muitas cicatrizes – com um misto de repulsa e horror.

No mesmo instante, Duran se sentiu devastado por ela. Chalen a enviara ali para baixo para que ele a sugasse até secar, um cervo amarrado num ponto da floresta para que o monstro sobrevivesse. Era tão injusto. Mas havia outro motivo para ele lamentar.

Ela era o primeiro dos sacrifícios, depois de sabe-se lá quanto anos ali embaixo, que ele de fato queria.

Chalen fizera jus à promessa feita séculos atrás: o Conquistador se deliciou com o sofrimento imposto, alimentando-se da raiva e da agonia que causava no prisioneiro. E sabia que Duran odiava essas alimentações, essas fêmeas e humanas, todas inevitavelmente prostitutas que se comportaram mal, enviadas ali embaixo como castigo.

Dois pelo preço de um para o bastardo, na verdade.

Só que... esta era saudável. Não estava contaminada por alguma doença. E também estava completamente ciente, as faculdades mentais não estavam nubladas pelo uso de alguma substância química...

Num ímpeto, seu corpo reagiu à presença e ao propósito dela, endurecendo, preparando-se para o contato... para a penetração.

Ele quase não reconheceu os sintomas do desejo. Mas isso não importava. Ele até poderia tomar o sangue dela porque precisava, porque tinha de se fortalecer para fugir quando chegasse a hora, porém jamais iria além disso, e não só porque gostava de enfurecer seu captor.

Sendo alguém que não tinha domínio algum sobre o próprio corpo durante a eternidade em que ali estava, já sentia dificuldade em lidar com o simples ato de tomar da veia de alguém que ele não achava que fosse sua por direito. Não podia contemplar violação maior, mesmo se as fêmeas e as mulheres acreditavam desejá-lo e, até então, todas pensaram assim.

Duran se aproximou das barras e esperou. Quando nenhum guarda se aproximou dela por trás para erguer o portão, sentiu-se confuso.

Uma nova modalidade de tortura, concluiu. *Só podia ser isso.*

Só Deus sabia o que seria feito a essa fêmea, bem diante dele, mas fora do seu alcance. Os guardas, como bem gostava Chalen de lembrar e demonstrar, eram totalmente funcionais, ainda que fossem incapazes de proferir uma palavra sequer...

A raiva que tomou conta dele foi uma surpresa porque, como qualquer outro impulso sexual, era algo que ele não sentia há muito tempo. Depois de todos esses anos, seu temperamento não se alterava; ainda que o coração continuasse a bater, a natureza incansável da dor física e das humilhações era tamanha que ele não reagia na maior parte das vezes.

A resistência, baseada na vingança, fora sua única emoção.

Mas não agora.

Essa fêmea não era como as outras, por vários motivos. E, por isso, Duran sentiu uma fúria protetora tomando conta dele.

Do tipo que facilmente poderia matar.

CAPÍTULO 5

Ahmare tentou recuar mais um passo, esquecendo-se de que já estava encostada nas pedras da parede. O homem de barba longa na cela era como ela acreditara que Chalen seria: um animal imenso cheio de cicatrizes, com cabelos ondulados compridos e molhados derramando-se além dos largos peitorais, os braços delineados de músculos, pernas longas, musculosas e potentes. Através das barras que os separavam, os olhos azuis reluziam ameaçadores e a boca se entreabriu como se fosse questão de segundos até que seu sangue estivesse na língua dele.

E ele estava nu.

Minha nossa, a única coisa no homem era uma coleira piscante ao redor do grosso pescoço...

Quando um aroma almiscarado chegou às suas narinas, foi um choque perceber que gostava do cheiro dele. Dada toda aquela ameaça, suor rançoso e carne fresca de suas vítimas pareciam fazer mais o estilo dele, no entanto, ela se viu inspirando fundo, o corpo reagindo de uma maneira que ela não compreendia.

E não apreciava.

Quando as narinas dele se dilataram, Ahmare compreendeu que o homem também captava o seu cheiro, e o ronronado que ele emitiu a lembrou do som produzido pelos leões.

– Onde estão os guardas? – ele perguntou num grunhido.

– Estou aqui pelas pistolas – Ahmare respondeu acima do som da cascata. – Não há nenhum guarda comigo.

Ela forçou segurança na voz e manteve contato visual, mesmo enquanto o coração batia acelerado e a mente girava. Precisava seguir em frente. Não havia como retornar de onde viera, e, com certeza, em algum lugar além desse guerreiro precariamente contido estava a arma que Chalen dissera que lhe daria.

Precisava pegá-la e voltar para o carro... E também descobrir para onde diabos iria.

– Pistolas? – o macho repetiu.

– Armas. Não sei, deduzi que fosse uma pistola.

Por que perdia tempo conversando com ele?, perguntou-se. Mas sabia a resposta para isso. Não conseguia desviar o olhar. Em outras circunstâncias, num universo paralelo no qual não estaria num calabouço e o homem não estaria enjaulado como um animal de zoológico... Ahmare teria ficado fascinada por ele.

Não tanto pelo corpo, nem mesmo pelos olhos. Era por causa de uma força selvagem que emanava dele.

As sobrancelhas do macho baixaram e ele se aproximou das barras. Água pingava de cada parte dele, o corpo reluzia nas chamas das tochas, e ela desejou não ter notado a pele mudando por cima de toda aquela musculatura. Ainda assim, havia algo inegavelmente sensual no modo como o corpo do homem se movia... uma promessa de que ele poderia pegar a sua parte mais masculina e fazer com ela coisas que valeriam muito a pena...

– Devo ter perdido a cabeça – Ahmare murmurou.

– Deixaram que entrasse aqui sozinha? – Ele olhou de um lado a outro, como se procurasse por algo no teto ou talvez além daquelas barras. – Você fugiu?

– Estou procurando uma arma. Chalen me disse que havia armas aqui embaixo que eu poderia usar e, quando encontrá-las, vou embora daqui.

No momento em que ele esticou o braço, Ahmare se sobressaltou e bateu o ombro na pedra uma vez mais. Mas o macho apenas segurava uma das barras, o punho três vezes o tamanho do dela enquanto a testava com um tinido.

— Então não está aqui por minha causa? — ele perguntou.

— Deus, não.

O macho tinha uma aparência tanto perversa quanto erótica ao encará-la com o queixo barbado inclinado para baixo, o azul dos olhos reluzindo sob as sobrancelhas.

— Isso é um alívio.

Um alívio? *Que diabos havia de errado com ela exatamente...*

Muito bem, era evidente que perdera a cabeça. Balançando-a, Ahmare voltou a andar, atendo-se à parede, longe do alcance dele.

Só como garantia.

— O que mais ele lhe disse? — A voz do macho era marcada pelo sotaque do Antigo País. — Conte-me com detalhes.

— Não tenho tempo para conversar.

Ela ergueu a tocha, tentando fazer aparecer, com a força do seu desejo, prateleiras de armas em meio à escuridão.

— Sim, você tem. — Ele a acompanhava como o predador enjaulado que era, seguindo-a do outro lado das barras. — O que mais?

Ahmare parou de novo. Havia algo na parede, pendendo de um gancho por uma corda. Aproximando a tocha, pareceu ser um aparato manual de algum tipo, do tamanho de uma palma com um botão nele. Um detonador? Seria aquela a arma?

Maldito Chalen.

Ahmare pegou o que quer que fosse pela corda e se surpreendeu com seu peso...

O rangido foi bastante alto e ela se virou. Uma porção central da cela se erguia, a dúzia aproximada de barras desaparecendo na pedra do teto.

O macho se libertou. E era ainda mais enorme agora que não havia nada para separá-los.

Ela levou a tocha à frente.

— Não se aproxime. Fique aí.

Esticando a outra mão, ela apanhou outra tocha na arandela, o objeto penso pela corda balançando até bater na parede...

O macho grunhiu e agarrou a coleira piscante que tinha ao redor do pescoço enquanto os joelhos se dobravam e ele caía largado no piso de pedras. Rolando de lado, o homem se curvou e se esforçou para respirar, a cabeça se projetando para trás, uma careta de dor distorcendo-lhe as feições.

Ahmare olhou para a caixa preta. Depois se concentrou na coleira enquanto ele cravava os dedos nela...

Do alto, outro baque forte, e mais correntes passando por engrenagens. Ar fresco, inesperado e agradável para suas narinas, surgiu no corredor, prova de que uma passagem para fora do calabouço havia sido revelada e não estava longe.

O macho relaxou, mas continuou a arquejar.

Ahmare relanceou para a caixa na corda. Olhou de novo para o macho aos seus pés. Em voz baixa, disse:

– Estou procurando a amada de Chalen. Você sabe onde ela está?

– Sim – foi a resposta grunhida.

Fechando os olhos, ela rezou para que outra tese a resgatasse da conclusão a que chegava.

– Filho da mãe.

– O que mais Chalen lhe disse? – a voz dele estava rouca.

Ahmare se voltou para a brisa úmida.

– Ele me disse que tenho que pegar a amada dele ou matará meu irmão. Parece que é você quem vai me levar até essa fêmea e me ajudar a trazê-la de volta. Por isso, venha, levante-se. Não tenho muito tempo.

Ela enrolou a corda no pulso até conseguir segurar o aparelho na palma, deixando o polegar sobre o botão.

Os olhos do macho tiveram dificuldade para se concentrar nela. Estavam incrivelmente pálidos agora, as íris minúsculas como se até a luz fraca emitida pelas tochas forçasse suas retinas como um luar brilhante.

Talvez a coleira tivesse mais do que apenas descarga elétrica, pensou ao vê-la piscar.

– Não tenho muito tempo – disse. – Temos que nos apressar.

Quando o macho apoiou as palmas no chão duro, ela quase foi ajudá--lo, mas não se aproximou demais, mesmo com aquela coleira.

Ele era enorme ao se levantar por completo.

– Vá na minha frente. – Ahmare apontou com a tocha. – Para que eu saiba com precisão onde você está.

– Não vou machucá-la.

– Não importaria mesmo se achasse que poderia. Nós dois sabemos que posso derrubá-lo como um saco de areia.

– O que ele lhe disse? – o macho perguntou como que enfeitiçado.

– Aqui não. Não vamos conversar aqui. – Ela gesticulou ao redor. – Aposto como ele está nos observando agora mesmo de alguma forma e é provável que também consiga nos ouvir. Tenho um carro do lado de fora. Só espero que possamos encontrá-lo.

Uma rajada de tempestade carregou mais do ar úmido de julho até as profundezas do calabouço.

– Vá – ela ordenou.

Depois de um momento, o macho foi andando e Ahmare manteve distância entre eles enquanto o chão começava a se elevar num aclive. Disse a si mesma que observava cada mudança em seus músculos, cada movimento dos braços, cada passada das pernas à procura de sinais de que ele pretendia se virar para atacá-la. Mas esse não era o único motivo de o observar.

O corpo do macho ainda estava úmido. Ainda brilhava. Ainda estava carregado de promessas letais...

Agora não, ela disse à sua maldita libido. Depois de três anos sem perceber o sexo oposto, agora definitiva e absolutamente *não* era hora de voltar a embarcar nessa. E ele não era o macho certo, de um jeito ou de outro. Maldição, ela *não* era esse tipo de fêmea...

O macho tinha uma bunda maravilhosa.

Ma-va-ri-lho-sa.

O seu irmão vai morrer, disse a si mesma, *se você meter os pés pelas mãos ou morrer por ter baixado a guarda perto desse macho.*

A triste realidade era tudo de que ela precisava para voltar a se concentrar, e uns vinte metros adiante terminaram a subida gradual numa ponte levadiça baixada sobre o fosso.

Raios cortavam o céu, a iluminação ricocheteando ao longo das paredes de pedra como uma bala perdida, e o macho cobriu a cabeça, abaixando-se como se esperasse ser atingido, os músculos das costas se contraindo com força. E foi nesse momento que ela percebeu as pernas dele tremendo muito, tanto que duvidava que o homem conseguisse caminhar.

Ahmare se aproximou dele.

– Está tudo bem. Você... está bem.

O macho se afastou dela, cobrindo o rosto com os antebraços como se algo fosse atingi-lo. Foi quando ela notou os machucados recentes nele. Eles desciam pelos braços numa série cruzada, como se o homem tivesse sido açoitado para se proteger em algum momento nas últimas doze horas.

Quando nada o atingiu, ele baixou a guarda devagar. Respirava fundo, os olhos vidrados e fixos enquanto ele sem dúvida lutava com o que era realidade e o que poderia ser um trauma terrível se aproximando.

– Não vou machucá-lo – Ahmare disse com brusquidão.

Estranho repetir-lhe suas mesmas palavras. Mais estranho ainda perceber que falava sério.

O macho olhava para a ponte com evidente desconfiança, como se estivesse inseguro se o que o aguardava do outro lado era pior do que o inferno em que estivera. Mas começou a se mover, os pés descalços pisando nas tábuas de madeira com cuidado. Ela o seguiu, acompanhando o ritmo dele, a chuva açoitando-os, molhando-o ainda mais e ensopando-a por baixo da jaqueta.

Na metade do fosso, outro raio ziguezagueou pelo céu, e foi então que ela viu seu Explorer perto da entrada principal. A ponte que usara ao chegar estava erguida, não que ela tivesse qualquer interesse em voltar para se encontrar com Chalen.

– Esse é o meu carro.

De repente, o macho parou e não foi mais adiante.

– Não posso...

Ele parecia sobrepujado a ponto de desmaiar, a tempestade, a liberdade restrita, o que quer que estivesse acontecendo com ele claramente travando seu cérebro.

Ela olhou para o aparelho na mão.

– Se não continuar andando, terei que usar isto.

Ele não se deu ao trabalho de olhar para o que Ahmare se referia, e ela odiou ter de ameaçá-lo. Só sabia que precisava levá-lo até o Explorer, e tinha certeza de que não era forte o bastante para carregá-lo nas costas.

Precisava salvar o irmão, e Chalen lhe dera a sua arma.

Além de um mapa, é claro.

Capítulo 6

As orações de Duran para conseguir escapar foram atendidas... Só que de uma maneira que ele não teria como prever. Ali estava ele, livre daquelas barras e quase liberto do inferno criado por Chalen, solto de sua prisão – no entanto, enquanto a fêmea o lembrava do poder que tinha sobre ele, percebeu que a liberdade que tinha não era sua.

Implorara para fugir. Repetira alguma versão de "Santa Virgem Escriba, permita que eu saia deste lugar" tantas vezes que apenas a variação do sacrifício pessoal que se dispusera a oferecer em troca da sua libertação era maior em número.

Portanto, não fazia o mínimo sentido estar perto da liberdade... mas preso àquela ponte levadiça, encarando o céu raivoso através da chuva que o açoitava como bolinhas de gude, e as linhas tortas em coro dos raios acima, só escolhendo por um lugar onde cair.

Não era que estivesse temeroso da tempestade.

Sobrevivera a situações piores que a eletrocução. Inferno, chegaram até a usar uma bateria de carro nele certa vez.

Não, o problema era a habilidade do seu cérebro em processar o tamanho do céu, o alcance do terreno, a amplitude do tempo. Na verdade, esse último era o pior.

Lá no calabouço, não tivera como saber se era noite ou dia, por isso perdera a noção dos dias, dos meses... dos anos. Quanto tempo aquilo durara? Pelo amor de Deus, o formato do carro que a fêmea dissera ser dela não se parecia com nada que já tivesse visto – assim como as roupas. E sua ignorância era aterrorizadora de uma maneira que ele não conseguia explicar.

– Que ano é? – perguntou rouco.

A fêmea disse algo, e ele esperou que as sílabas fossem assimiladas e fizessem sentido. Nesse meio-tempo, ela passava o peso do corpo para a frente e para trás, como se planejasse o curso de suas passadas através do pátio cheio de poças.

– Por favor – a mulher disse –, não me faça usar isto.

Ele olhou para o que ela lhe mostrou. Era o gatilho de sua coleira de contenção, aquele que os guardas usavam quando tinham de entrar na cela.

À diferença daqueles machos sem voz, era evidente que ela não queria lhe dar um choque, e ele tinha de lhe dar crédito por isso. No entanto, a fêmea o faria se ele a obrigasse. Alguma questão relacionada ao irmão dela... e à amada...

De uma vez só, seu foco retornou.

Nada como uma bela vingança para limpar o paladar existencial.

Sim, ele pensou. Ele a levaria à amada. O que aconteceria depois disso, porém, dependeria dele, e não de Chalen.

O corpo de Duran se moveu antes de receber a ordem, braços e pernas disparando numa corrida, os pés descalços batendo nas tábuas antes de chapinhar em poças e bater em pedras escorregadias. O automóvel que ele não reconhecia como carro se aproximou dele, e não o contrário, alguma distorção da realidade dividindo as dimensões do pátio, trazendo o pedaço de metal movido a combustível bem diante da sua cara.

Houve um ruído alto e as luzes internas se acenderam.

– Entre atrás. – A fêmea abriu-lhe a porta. – Entre.

Duran foi para dentro, a pele molhada deslizando no couro até a cabeça bater na porta oposta, uma interrupção desagradável do seu movimento. Dobrou as pernas para dentro e a fêmea o fechou ali antes de saltar para trás do volante.

Saíram de lá num piscar de olhos, e ele apoiou um pé e uma mão para não virar um peixe perdido no fundo de um barco.

Solavancos pra lá e pra cá, e também um rugido enquanto a mulher acelerava e os conduzia para um terreno mais seguro. A vibração do motor e os sacolejos em qualquer que fosse a estrada em que ela os colocara atravessaram o banco acolchoado e penetraram-lhe o seu corpo, amplificando dores conhecidas e outras inesperadas.

E então veio a náusea.

Ele não esperava por isso. Nunca tivera enjoos em carros.

Fechando os olhos, sentou-se ereto e inspirou pela boca como se o ar subindo e descendo pelas vias aéreas fosse um tipo de trânsito pelo qual o vômito não poderia passar.

Má ideia fechar os olhos. Abriu-os e olhou por cima dos encostos dos bancos da frente para a fêmea que dirigia.

Ela tinha um braço esticado, a mão não só travada no volante como parecendo soldada a ele. Por alguma tolice, pensou que desejava que a outra mão estivesse no gatilho da sua coleira. Queria que ela se protegesse contra todas as ameaças, inclusive aquela apresentada por um macho desconhecido nu no banco de trás que poderia simplesmente devorá-la. Afinal, só ele sabia que não iria machucá-la...

Ela não lhe dissera o mesmo? Não conseguia se lembrar. Tudo parecia borrado como o cenário que passava apressado pelo veículo, indistinto e fora do seu controle.

No brilho das luzes do interior do carro – que incluíam uma tela parecida com uma televisão no meio do console mostrando uma imagem resumida de um mapa de onde estavam –, a concentração dela era tanta que beirava a violência, a mandíbula travada com agressividade, os olhos afiados como navalhas.

Como se esperasse que um *redutor* aparecesse rolando pelo capô e partisse o para-brisa.

De tempos em tempos, a fêmea virava a cabeça, mas não na sua direção. Ela olhava para o lado oposto, para o espelho acoplado à lateral da sua porta.

Quis lhe perguntar se alguém os seguia, mas se conteve. Primeiro, Chalen não seria tão óbvio se os enviara na missão para recuperar a amada. Segundo, pronunciar qualquer palavra seria parecido demais a colocar uma pena no fundo de sua garganta sensível, impedindo-o de manter o conteúdo do estômago onde precisava ficar.

Presumindo que não quisesse sujar o banco traseiro do carro dela...

– Encoste – ele disse num engasgo.

– O quê? – Ela se virou para trás. – Por quê?

– Encoste...

– Não vou parar...

– Abaixe o vidro, então!

Num piscar de olhos, surgiu uma violenta corrente de vento, trazendo-lhe lembranças de ter o rosto encharcado pela água retirada de um poço num balde. Lançando-se pela abertura, ele comprimiu os ombros no espaço bem a tempo.

Enquanto segurava a beirada da porta, seu estômago sofreu espasmos, como um punho esmagando-lhe as entranhas, obrigando tudo o que havia dentro dele a sair.

A mulher tirou o pé do acelerador como se estivesse sendo gentil, mas ele estava ocupado demais para se importar com isso.

Tudo doía, e isso só piorou à medida que o enjoo continuava. Era como se seus sentidos, acesos e excitados por todos os estímulos recém-disponíveis a eles, não conseguissem distinguir entre as dores do corpo e o ambiente em que estava. Tudo era alto demais, intenso demais, excessivo: o vento entrava nos ouvidos; a chuva o molhava pelo lado; a garganta queimava como fogo.

Os olhos lacrimejavam.

Duran disse a si mesmo que esse último era por causa da velocidade com que viajavam.

Certas coisas simplesmente não suportavam uma análise mais minuciosa.

Quando, por fim, retraiu-se para o interior do veículo, estava trêmulo e coberto de suor como resultado, e puxou as pernas para perto do peito, passando os braços ao redor dos joelhos e abaixando a cabeça no tripé que criavam com a coluna. Sempre fora um macho grande, e não havia espaço suficiente para toda a sua altura e musculatura naquela posição, e esse era o objetivo.

A firme compressão fazia com que se sentisse abraçado.

E não por alguém que apreciasse a sua dor ou a produzisse como parte das suas funções empregatícias...

– Tome.

A princípio, não percebeu que aquilo era com ele. Mas então uma garrafa de água o cutucou na canela.

– Obrigado – respondeu rouco.

Tirando a tampa, levou o bocal aos lábios, preparado para tirar o gosto do...

Fresca, limpa... tão pura.

Era a primeira água não contaminada que bebia desde que o acertaram na cabeça em seus aposentos nas instalações do pai e despertara no castelo de horrores de Chalen.

Repousando a cabeça no encosto, fechou os olhos e tentou não chorar.

CAPÍTULO 7

Ahmare ficava olhando para trás. No começo era para ver se estavam sendo seguidos. Mas depois foi também por causa do prisioneiro.

Depois que o homem vomitou para fora do SUV, ela fechou a janela para pôr um fim ao rugido ensurdecedor provocado pela corrente de ar. Quando olhou de novo, ele estava sentado todo compactado, como uma mesa de banquete dobrada para ser guardada, com a cabeça para trás, a longa coluna da garganta se movendo como se fosse vomitar mais uma vez. Esperando ajudar, pegou uma garrafa de Poland Spring e a entregou a ele...

O cheiro das lágrimas foi um choque tamanho que ela afrouxou o pé do acelerador de novo. Mas não poderia se dar ao luxo de parar. Todos os seus instintos gritavam: *Corra! Corra! Saia logo daqui!*

– Você está bem? – perguntou.

A pergunta era estúpida, mas as palavras representavam o pouco de conforto que poderia lhe dar, uma maneira de alcançá-lo sem tocar nele, uma conexão que não requeria que ela se aproximasse.

A distância não era só porque o macho era um desconhecido perigoso: não precisava ser um gênio para saber que era muito provável que Chalen ferraria com ela, mataria seu irmão em vez de agir como um gângster de primeira mantendo seu lado do acordo. Ainda assim, ela devia trabalhar com o que haviam acordado, e ele queria a sua "arma" de volta.

A última coisa de que precisava era criar laços com outra fonte de caos, dor... mortalidade. E, sim, esse "animal enjaulado" que ela tanto temera já não parecia mais muito "animal". Parecia incrivelmente letal... e profundamente alquebrado. Frágil, a despeito da incrível força física.

O desmoronamento acontecendo no banco de trás foi uma surpresa. Deduzira que teria de ficar com um olho na estrada e outro no prisioneiro, numa espécie de jogo de azar entre quem quer que Chalen tivesse enviado no rastro deles e o predador no carro.

Não era onde ela acabara indo parar. E era bem possível que essa fosse a única surpresa até então que ia a seu favor.

– Preciso perguntar – Ahmare disse de modo um pouco mais audível. – Para onde estamos indo? Você vai ter que me contar.

O prisioneiro levou um braço até o rosto e fingiu enxugar suor na testa, embora ambos soubessem que não era isso o que ele fazia. O homem se livrava das lágrimas. Então, levantou a cabeça. Quando o olhar sombrio encontrou o seu no espelho retrovisor, ela olhou para a estrada e esperou ter alguma placa em que se concentrar. Talvez um cervo do qual se desviar.

Aqueles olhos injetados e marejados eram um buraco negro que a sugavam.

– Onde estamos? – ele perguntou.

– Se eu soubesse... – ela murmurou ao olhar para o sistema de navegação.

Isso não era de fato verdade, mas, pelo jeito, seu cérebro decidiu responder num nível existencial.

– A rodovia não está longe – informou. – Você pode escolher entre norte ou sul.

Com um grunhido, ele se desenrolou, desdobrando os braços e as pernas, e se sentando mais à frente para enxergar a tela. O corpo de Ahmare se moveu de lado, pressionando a porta, e, apesar de ela ter tentado disfarçar, o macho deve ter notado, porque recuou um pouco, dando-lhe mais espaço.

Deus, ele era tão grande. Pensando bem, ela vinha trabalhando junto a humanos em diversas academias nos últimos dois anos, e mesmo os machos maiores da espécie não se aproximavam do tamanho dele. Teria sangue aristocrático? O plano de reprodução da Virgem Escriba, aquele que criara a Irmandade da Adaga Negra e a *glymera*, ordenara uniões entre os machos mais fortes e as fêmeas mais inteligentes – e, embora isso tenha acontecido há séculos e séculos, resquícios ainda caminhavam pela terra.

E vomitavam do lado de fora de Ford Explorers.

– Queremos ir para o oeste – ele anunciou. – Então, fique nesta estrada.

– Até onde vamos?

– Eu aviso. Precisa de combustível? Não consigo saber com tantas informações nesse painel.

Ela relanceou para o marcador de gasolina.

– Temos três quartos ainda.

– Isso basta. – Ele se recostou. – Há alguém atrás de nós?

– Não que eu consiga ver. Mas vai saber.

– Ele enviará guardas. Tem tentado encontrar essa localização há… – O prisioneiro franziu o cenho. – Em que ano estamos? Sei que já me disse, mas não consigo me lembrar da resposta.

Quando Ahmare informou de novo, ele desviou o olhar para a janela escura ao seu lado.

– Por quanto tempo ele o manteve lá? – perguntou.

Ela preferiria não tocar no assunto. Queria usá-lo para o que precisava, recuperar aquela fêmea, e voltar para Caldwell com Ahlan em segurança. Detalhes eram ruins. Uma conexão era ruim. Vê-lo como algo além de uma ferramenta era ruim.

Ele não era da sua conta, nem seu problema. De toda forma, só Deus sabia o motivo de o homem ter estado lá…

– Vinte e um anos – ele respondeu baixo.

Ahmare fechou os olhos e lamentou pelo estranho no banco de trás.

Estavam numa estrada rural diferente agora, uma em que o prisioneiro lhe instruíra a entrar cerca de meia hora antes. Os noventa quilômetros por hora que Ahmare conseguia engatar fizeram com que ela sentisse que progrediam um pouco, e ainda ninguém os seguia.

Pelo menos não num veículo. Ela não se surpreenderia se membros da guarda de Chalen se desmaterializassem a intervalos regulares, rastreando-os em meio à floresta densa e cheia de trepadeiras que sufocava a estreita faixa de asfalto da estrada.

Relanceou o relógio. A aurora logo chegaria; só tinham, no máximo, mais uma hora. E isso seria uma complicação para qualquer guarda cão de caça que estivesse em seu rastro, mas também para ela e o prisioneiro. O fato de estarem se afastando do amanhecer lhes dava algum respiro, mas não muito.

– Como Chalen pegou seu irmão? – o prisioneiro perguntou.

Era a primeira vez que ele falava desde que lhe dera a direção para aquela estrada.

– Ahlan lhe deve dinheiro.

– Se você levar a amada do Conquistador de volta, isso será de imenso valor para ele. É bom que seu irmão esteja lhe devendo milhões.

– Não entendo. – Ela se concentrou numa placa pela qual passava. A cidade anunciada não lhe dizia nada. – Se Chalen é um conquistador e a fêmea dele está tão perto assim, por que ele não vai até lá e a pega por si só ou manda seus guardas?

– Porque me torturar para conseguir essa mesma localização não o levou a lugar algum.

Ahmare sentiu a necessidade de se desculpar, mas se lembrou de que o sofrimento dele não fora causado por ela – portanto, um pedido de desculpas não teria fundamento. Mesmo assim, vinte *anos*? Ela sentia como se tivesse perdido dois calendários inteiros desde os ataques e as mortes dos pais. Multiplicar isso por dez era um período de tempo que ela não conseguia imaginar.

— Isso deve ter sido...

Quando as palavras foram sumindo, ela teve um pensamento de que a linguagem é como uma fotografia da realidade, algo bidimensional tentando capturar o que tinha massa e movimento: estava destinada a ser falha, em especial quando mais do que os básicos quem, o que e onde, os detalhes superficiais, importavam de fato.

— Estamos nos aproximando da saída.

— Tudo bem. Quanto ainda?

— Eu aviso.

Ahmare se virou para trás.

— Estamos nisso juntos, você sabe, certo?

— Só enquanto precisar de mim, e, se souber aonde está indo, eu me torno dispensável. Perdoe-me, mas a sobrevivência é a minha melhor habilidade graças a Chalen.

Ela nunca considerou que a desconfiança fosse uma via de mão dupla entre eles. Com o tamanho superior do homem, Ahmare só se visualizara como única vítima potencial caso entrassem em conflito. Enxergando a situação pelo ponto de vista dele? Ela estava com o controle da coleira, não? E Chalen se mantinha no controle por eles dois.

— Além disso, tenho alguém para proteger — disse o macho.

— Quem?

— Uma amiga. Ou pelo menos costumava ser. Veremos se isso mudou.

Calaram-se depois disso e seguiram em frente na estradinha, subindo e descendo colinas, as árvores de copas largas formando arcos de folhas acima da pavimentação. Quando ela voltou a olhar para o relógio, notou que o dossel de folhagens era espesso o bastante para bloquear o céu noturno, mas não chegava nem perto de ser um túnel capaz de protegê-los do sol.

— Precisamos encontrar um abrigo logo — ela disse. — Não temos muito tempo...

— Ali, vire à direita.

Ahmare franziu o cenho ao olhar pelo para-brisa.

– Que direita...?

Ela quase deixou passar o espaço na fileira de árvores e pressionou o pedal do freio. O cinto de segurança a prendeu, e o macho esticou a mão para deter o corpo de ser jogado para a frente.

O caminho de terra era estreito como um canudo, mais uma passagem entre as árvores do que uma estrada de verdade, e, à medida que ela penetrava no emaranhado de folhagem densa, trepadeiras raspavam nas laterais do Explorer e tudo ficava verde na mira dos faróis. Depois de certa distância, uma espécie de clareira se apresentou.

– Pare aqui – disse o macho.

Ela freou. Não havia nenhuma estrutura que conseguisse enxergar, apenas uma quase ausência de algo que possuía um tronco mais grosso do que seu dedinho e mais alto do que seus ombros. Insetos e mariposas, atraídos pelos faróis, atingiam o carro, aglomerando-se como se chamados pelo canto da sereia para dançar com a graciosidade de programadores de computadores.

Ahmare moveu o câmbio automático do Explorer para a posição de estacionar, mas não desligou o motor. O isolamento do lugar a lembrou de filmes de terror.

– Saímos ao mesmo tempo – disse o macho. – Não faça nenhum movimento repentino. Erga as mãos acima da cabeça e quaisquer facas ou armas que tenha precisam ficar no carro.

– Não vou deixar minhas armas.

– Sim, você vai. Se sair com uma na mão, ela a matará antes que eu consiga explicar. Do jeito como estão as coisas, é capaz de ela atirar em nós de qualquer jeito.

Ahmare se virou para ele.

– Onde estamos e quem diabos iremos encontrar? Você me diz ou eu dou meia-volta com este suv e...

– Quanto tempo acha que seu irmão ainda tem? Falando de maneira realista. – Quando Ahmare praguejou, o prisioneiro passou para o lado dela do suv e pôs a mão na maçaneta. – Então, no três, saímos ao mesmo tempo e rezamos à Virgem Escriba que ela me deixe falar antes de apertar o gatilho. Um... dois...

– Vou levar isto. – Ela ergueu o controle da coleira. – Você pode estar tentando me enganar e...

– Três.

O homem abriu a porta e deslizou para fora, erguendo as mãos e deixando a porta aberta como se fosse usá-la como escudo.

Ahmare praguejou de novo. Estava ficando cansada de verdade de estar sempre sem o controle da situação.

Estendendo a mão para a própria porta, puxou a maçaneta e esticou a perna. O ar noturno estava tão úmido que era como respirar água, e o fedor de vegetação apodrecida tornava o sufocamento ainda maior.

É aqui que encontram os corpos das mulheres desaparecidas, ela pensou ao passar o peso para fora do carro e se levantar.

Erguendo as mãos, aguçou os ouvidos em meio ao coaxar dos sapos, atenta a passos se aproximando ou...

O facho de laser vermelho bateu na região do seu tórax, na parte plana do peito... um alvo que a derrubaria como um cadáver.

Relanceando por cima do ombro, viu que o macho tinha um ponto brilhante vermelho idêntico no esterno.

– Mas que surpresa – uma voz feminina brusca disse em meio às árvores. – Duran retornou dos mortos. Presumindo que seja você debaixo de todo esse cabelo.

– Nunca estive morto. – O macho manteve os braços erguidos bem onde estavam. – E só preciso daquilo que deixei aqui.

O ponto vermelho circundou o tronco dele, como se a atiradora em potencial estivesse considerando outros lugares para cravar uma bala.

– Você larga as suas tranqueiras comigo e depois desaparece por duas décadas. Quando volta, está nu em pelo com outra fêmea. E espera que eu lhe dê outra coisa que não um túmulo?

– Ah, Nexi, para...

– Quer me apresentar à sua amiga antes que eu meta chumbo no peito dela?

O prisioneiro olhou para ela.

– Qual é o seu nome?

Hum, pois é… Não haviam sido devidamente apresentados. Como se isso a preocupasse muito.

– Ahmare.

Ele olhou na direção da voz.

– Esta é Ahmare. Eu a estou levando para a amada de Chalen.

Houve uma pausa, como se essa novidade fosse surpreendente. Em seguida, a mira a laser foi abaixada.

– Que romântico.

Uma figura alta foi para a clareira, mas parou pouco antes de onde chegava a luz direta dos faróis. No brilho, como névoa das tempestades agrupadas ao redor dela, ficou claro que a fêmea sabia o que fazer numa briga. Sua estrutura não era muito diferente da de Ahmare, um corpo delineado pelos treinos – mas, no caso da outra, era possível sentir que já vivenciara um conflito real por causa da calma que demonstrava.

A pele era escura, os cabelos, negros e em centenas de tranças; as pistolas combinavam.

Os olhos verdes reluziam como se fossem iluminados por trás, peridotos ao luar.

Puta merda, ela era uma Sombra.

– Então, onde estão as suas roupas? – a fêmea exigiu saber do prisioneiro.

– Eu as perdi há muito tempo.

Os olhos da fêmea percorreram o corpo dele, evidentemente percebendo as cicatrizes.

– Você acrescentou um pouco de arte à pele – ela murmurou.

– Não foi uma escolha.

Houve um longo silêncio.

– Porra, o que foi que aconteceu com você, Duran?

Capítulo 8

Nexi não mudara nada.

Isso era um alívio e uma complicação, Duran pensou. Era óbvio que ainda era uma assassina, franca, o tipo de fêmea com quem não se pisa na bola. Mas ela ainda fazia tudo a seu modo ou de modo nenhum.

– Só preciso das minhas coisas – ele disse. – E depois já vou embora.

– Não vou te dar nada até você me contar onde esteve.

Não era o ciúme falando. Pelo menos... ele não achava que fosse. O relacionamento deles nunca lhe pareceu do tipo no qual crescia essa espécie de hera. Mas talvez estivesse errado. A raiva dela parecia desmedida a não ser que se importasse mais do que ele imaginara.

– Responda à porra da pergunta – ela exigiu.

– Andei malhando. – Ele deu de ombros. – Frequentei escola noturna. Comecei um negócio lucrativo vendendo equipamento hidráulico reciclado...

– Ele esteve no calabouço de Chalen – a fêmea, Ahmare, disse. – Foi solto apenas para que possa me levar até a amada de Chalen.

Duran arregalou os olhos à interrupção.

– Cale a boca...

– Calabouço? – Nexi repetiu baixo.

– Por vinte anos – Ahmare acrescentou.

– Céus...

– Estava mais para inferno – Duran resmungou ao desviar o olhar.

Nexi não era ligada em emoções a não ser na raiva. Era raro demonstrar qualquer outro sentimento, estando mais interessada em explorar os dos outros para os próprios objetivos. Por outro lado, depois de tudo pelo que os dois passaram, ela aprendera do jeito mais difícil que permitir que enxerguem seu coração e sua alma equivalia a carregar uma arma e entregá-la a um inimigo.

Não havia motivo algum para acreditar que as informações não seriam usadas contra ele.

Duran percebia agora que era por isso que concordara em ajudá-la tantos anos antes. Deduzira que alguém como Nexi não se apegaria a ele, e isso significava que ele se livraria da responsabilidade de alguma outra pessoa que não ele mesmo. Poderia seguir seu caminho depois que saíssem de onde estiveram, numa separação sem dramas de modo que poderia se vingar do pai.

Só existira uma coisa para ele, e não era se assentar com uma fêmea.

Ainda assim, uma parte sua não queria ver que Nexi não se importava – ou pior, que estava feliz – com o que lhe fora feito. Ele também tinha vergonha, embora ela desconhecesse os detalhes do seu cativeiro. Na época em que conhecera a Sombra, quando trabalharam na fuga deles, Duran tivera certeza sobre quem era e quais os seus objetivos. Agora? Essa missão que o levava de volta ao lugar em que foram mantidos, por tanto tempo o único objetivo que tivera, de repente era como se houvesse dois estranhos em ação.

A fêmea que acabara de conhecer.

E ele próprio.

– Não joguei nada fora – Nexi informou. – Das suas tranqueiras. Está tudo onde você deixou.

– Obrigado.

– Eu só estava com preguiça. Não foi para honrar a sua memória nem nada assim.

– Não achei que fosse isso.

Nexi murmurou algo que não se ouviu. E depois se dirigiu a Ahmare.

– Você precisa esconder o SUV. A minha garagem fica por ali. – Ela apontou para dois rastros de pneus mal perceptíveis em meio às árvores. – Vou abrir para você. E vai me deixar as chaves para o caso de eu querer usá-lo. Ou resolver desmontá-lo quando vocês não voltarem.

Nexi se desmaterializou, sumindo de repente, e Duran olhou para sua fêmea...

Para *a* fêmea, ele se corrigiu mentalmente. Ele olhou para *a* fêmea. Para Ahmare.

– Precisaremos acampar durante o dia. Não há como chegarmos aonde precisamos antes do amanhecer porque não posso me desmaterializar. – Deu uma batidinha na coleira. – Isto é de aço.

– Maldição. – A fêmea relanceou para o céu como se medisse a distância que o sol teria de cobrir em milímetros. – Isso são doze horas.

– Não há nada que possamos fazer a respeito disso.

– Ao diabo que não. Você pode me dizer aonde ir e eu faço isso sozinha.

– Você não sairá de lá viva.

Ela foi para junto dele.

– Você não sabe com quem está lidando.

– Você não tem as senhas para entrar nem a planta do local. *Dhavos* saberá no instante em que você pisar na propriedade dele e lançará você de cabeça num túmulo antes que consiga disparar um tiro.

– *Dhavos*? – Ela pareceu confusa. – Espere... isso é um culto?

– Criado há sessenta anos. – Duran fechou a porta do carro. – Na época em que os humanos estavam naquela vibe da contracultura de "plugue-se, ligue-se, vá longe", *Dhavos* se inspirou e criou uma Utopia subterrânea. Como boa parte dos megalomaníacos, ele se preocupava menos com a iluminação e mais em ser idolatrado pela sua plateia cativa, mas conseguiu convencer umas duzentas pessoas rebeldes codependentes a se unirem a ele numa bobagem de jornada espiritual que culminava na servidão... e não da variedade sagrada. Ele é um estuprador e um assassino, e paga por tudo vendendo heroína e cocaína aos humanos que vivem abaixo da linha de pobreza.

— Pensei que os *dhavids* fossem ilegais sob as Antigas Leis. A Virgem Escriba jamais os permitiu.

— Acha mesmo que alguém se importa com isso por aqui? Por que acha que ele assentou a colônia em meio a esta maldita floresta?

— Então estamos próximos.

— Não o bastante para chegarmos na noite que ainda nos resta. Venha, vamos antes que Nexi mude de ideia.

Só que a fêmea não se moveu. Ahmare apenas encarou o ambiente como se tivesse visão de raios-X e estivesse convencida de que uma bela encarada lhe revelaria onde estava a entrada da colônia.

Duran deu um tapa numa picada na bunda e sentiu uma satisfação sádica ao expulsar com um teco o mosquito morto de sua nádega. Mas, quando fez o mesmo no peitoral esquerdo e depois no ombro direito, não estava mais se sentindo superior ao matar algo tão menor do que ele.

— Estou sendo comido vivo. Faça o que quiser com o veículo, mas Nexi não vai gostar se você não o guardar onde o sol não bate — e ela tende a explodir as coisas de que não gosta.

Algo que seria bom ele não se esquecer.

Os olhos claros de Ahmare se prenderam em Duran.

— Vou levar todas as minhas armas comigo.

— Tudo bem, mas mantenha-as nos coldres. Nexi não vai apreciar nenhum sinal de agressividade, e ela pode lidar com isso com um método que requeira pontos.

— Sabe bastante a respeito dela.

— Não muito. — Deu um tapa na lateral do pescoço. — Venha, ainda temos que percorrer certa distância e não estou gostando de como o horizonte está.

Um brilho sutil se acendia a leste, algo que os humanos podiam encarar como o prenúncio de um novo dia, um belo precursor de uma festa de despedida rosa e pêssego não só da noite, mas das nuvens de tempestade que também se retraíam no céu.

Desejou que as malditas ficassem onde estavam por mais uma ou duas horas. Precisavam de tempo em vez de um show fictício de otimismo apenas ótico que os torraria de pronto.

Ah, o romance...

CAPÍTULO 9

O chalé era velho e pequeno. O esquema de segurança era novo e abundante.

Ahmare teria ficado impressionada fossem outras as circunstâncias.

Cada uma das quatro janelas tinha barras de ferro e malha de aço – embora apenas no interior, a fim de não chamar atenção. A porta da frente sem dúvida fora de madeira na época da construção, mas essa opção frágil havia sido trocada por uma porta de cofre blindada com aço. Detectores de movimento e câmeras de segurança foram instalados em cada um dos cantos, e mais malha cobria as paredes, o teto e o chão, garantindo que nenhum vampiro pudesse se materializar em seu interior.

Ela estava inclinada a acreditar que havia um alçapão de fuga em algum lugar ali, uma saída subterrânea, mas, caramba, não sabia onde poderia estar.

– Vou usar o chuveiro – o prisioneiro disse a Nexi.

Ele, Duran, não esperou por um sim ou um não – nem por orientações, não que houvesse dúvidas sobre a localização da água corrente. Ele apenas entrou num lavatório do tamanho de um closet e fechou a porta.

Um chiado de água corrente se fez ouvir em seguida, demonstrando que o homem não estava perdendo tempo, e Ahmare ficou agradecida por isso. Mas ele ser eficiente com o sabonete e a água não afetaria a velocidade das horas diurnas. Elas ainda levariam uma eternidade a passar, como um osso fraturado se curando num humano.

Semanas… meses. Antes que a mobilidade voltasse a existir. Ou, pelo menos, assim pareceria.

Ahmare fitou a Sombra. O fato de a fêmea a observar com olhos de quem observa uma presa não era novidade, mas, puxa vida… E uma das duas armas com mira a laser ainda estava em sua palma.

— Importa-se em guardar a arma? — Ahmare pediu.

— Não está em posição de fazer exigências.

— Se eu fosse atacá-la, já teria feito isso.

— Belo discurso. — A Sombra nem sequer piscou, os olhos negros firmes, como se fossem feitos de vidro, como a lente de uma câmera. — Gosta dos filmes antigos de Schwarzenegger? Aposto como isso é o mais perto que esteve de uma luta de verdade.

Ahmare demonstrou que estava inspecionando de novo o lugar. O fato de a Sombra ter descoberto que ela era instrutora, e não uma lutadora de verdade, pareceu um sinal de fracasso. Claro, treinara defesa pessoal após os ataques e vinha ensinando essas técnicas para os frequentadores das academias em Caldwell. Mas isso não era o mesmo que ser um soldado.

Não pense assim, disse a si mesma. *Qual era mesmo o ditado? "Quer você acredite que pode, quer você acredite que não pode, você está certo"?*

A mobília não passava de uns trastes velhos. Colchão numa plataforma de madeira. Baú de viagem com a tampa abaixada. Mesa e duas cadeiras feitas à mão, mas não por alguém que se preocupasse com a aparência. Entretanto, aquele buraco estava preparado para uma guerra: uma estação de trabalho na qual limpar armas com pedras para amolar facas e adagas. Coldres de diversos tipos estavam pendurados em ganchos. Detonadores de bombas e tripés para rifles preenchiam diversas prateleiras.

— Já matou antes? — a Sombra perguntou. — Só estou curiosa.

— Sim — Ahmare respondeu rouca.

— Puxa. Mas você não gostou, certo? O que não lhe agradou? A sujeira? Você me parece alguém que não gosta de bagunça.

Isto é apenas uma conversa, Ahmare disse a si mesma. *Considerando-se o que terei que enfrentar, isto não é nada. Tudo bem. São apenas palavras.*

– Ou foi a culpa? – A Sombra se recostou na parede coberta de malha do chalé, cruzando um coturno sobre o outro. – Sim, imagino que não goste do peso do morto na sua consciência. As lembranças pendem como uma corrente pesada bem no seu esterno e dificultam a respiração. Quando você fecha os olhos, o cheiro de carne fresca e de pólvora retorna e te sufoca. É tudo uma questão de ter o ar roubado de você ao fim do dia, não é mesmo? Nada de ar, nada de vida. Tanto para você... quanto para o macho. Era um macho, não? Você não seria capaz de matar uma criança ou outra fêmea, não creio nisso. Você não tem o que é necessário.

Os olhos de Ahmare dispararam para a porta fechada do banheiro.

Depressa, pensou.

– Então, quem era? Quem você mandou para o Fade?

A Sombra começou a mexer na arma, jogando-a para cima e apanhando-a como se controlasse cada molécula na pistola, nela própria... no mundo inteiro. Ela parecia, conforme a Beretta ficava no ar e descia de novo para sua palma repetidas vezes, também estar no comando da gravidade... do próprio tempo.

Essa confiança era fascinante, assim como uma cobra. Hipnótica porque era...

A Sombra apontou a arma direto no peito de Ahmare.

– Responda à porra da minha pergunta.

... letal.

Os olhos negros brilharam verdes, e Ahmare soube com absoluta certeza que iria fracassar em recuperar a amada de Chalen. A Sombra estava certa. Ela era uma bobinha de sala de aula, uma jogadora de videogame excelente numa poltrona, mas seria a primeira a ser abatida num campo de batalha de verdade.

Era boa nos treinos, mas nada de experiência real.

Pensou no irmão e chorou por ele como se já estivesse morto.

A Sombra sorriu, revelando as presas longas e brancas.

– Pobre menina perdida na floresta. Acha que Duran é o seu herói? Acha que ele vai te salvar? Deixe-me te dizer que ele não vai. Aquele macho vai te abandonar quando for mais importante e você vai acabar morta num lugar onde seus parentes não serão capazes de encontrar o corpo. Se for esperta, vai tirar aquele suv da minha garagem e sumir daqui. É melhor alguém como você admitir a derrota do que ser forçada ao fracasso que a mandará ao Fade. Se desistir agora, pelo menos ainda será capaz de apreciar *lattes* de abóbora e a última temporada de *The Big Bang Theory* em setembro... enquanto estiver malhando na academia e disparando em alvos fixos em estandes de tiro...

– Você está errada – Ahmare deixou escapar.

– Sobre o quê? – A Sombra voltou a brincar com a arma, como se tivesse de fazer alguma coisa para acabar com o tédio. – Por favor, esclareça, caso eu possa aprender algo novo com você. Mas saiba que eu farejo mentirosos com a mesma facilidade com que pesco peixes num Pague e Pesque. E gosto de comê-los.

– Não foi com uma arma. Não houve cheiro de pólvora.

Os olhos se moveram para ela. Antes que a Sombra pudesse interromper, Ahmare se viu falando com franqueza:

– E não sei o que verei ou que cheiro sentirei quando fechar os olhos porque o matei logo após o anoitecer de hoje.

Pensou em Chalen querendo saber como havia sido. Quando lhe negara a história, falhando em atender à sua avidez, fora um ato de desafio numa situação sobre a qual não tinha controle algum.

Agora, ela falava com a garganta apertada para provar o seu valor.

E não para a Sombra.

– Passei a noite anterior observando o humano – disse. – Ele morava com dois outros machos, mas trabalhava sozinho, num trailer no meio do bosque. Eu o segui até o seu laboratório. Acho que ele fabricava metadona. O que mais poderia estar fazendo com aqueles tubos imundos e todos aqueles produtos químicos?

– O que você usou? – a Sombra perguntou. – Se não foi uma arma, o que foi?

Ahmare pôs a mão no quadril.

– Esta faca. Chalen queria provas de que ele estava morto.

– O que você cortou fora?

– A cabeça dele. – Ahmare lambeu os lábios com a língua seca na esperança de destravar as sílabas das laterais e do céu da boca. – Eu estava esperando por ele do lado de fora do trailer. Passei boa parte do dia ensaiando dentro da cabeça o que aconteceria, mas nada ocorreu como pensei. Ele limpara o terreno ao redor do trailer para ter uma boa visibilidade no caso de ter que atirar em quem acabasse entrando na propriedade, por isso tive que ficar estendida no teto do trailer, por trás da leve inclinação. Estava quente. As telhas de asfalto estavam mais para uma grelha, por terem ficado expostas ao sol o dia inteiro, e minhas mãos suavam. Talvez por conta do medo também. Não sei bem o que mais me preocupava. A possibilidade de ele aparecer ou de não aparecer.

Tudo estava claro como água, as lembranças brilhantes como cromo, fazendo com que os olhos e cabeça doessem, apesar de isso ser apenas um filme sendo rebobinado, a passagem de um livro sendo lida em vez de escrita.

– Eu me materializei atrás dele depois que saiu do carro. Não lembro como fiz. Meu plano fora o de cortar a garganta dele antes que soubesse que eu estava ali, mas ele sentiu minha presença de imediato e virou de frente. Seus olhos estavam imensos de arregalados e vidrados; era óbvio que estava drogado, e esse deve ter sido o motivo de eu conseguir fazer o trabalho. Ele se atrapalhou ao se defender. Eu me atrapalhei ao atacar. Apunhalei o ar em vez de acertá-lo no peito porque ele desviou para a esquerda, e então raspei no ombro. Ele tentou pegar a pistola. Eu o segurei pelo antebraço...

Fechou os olhos. Reabriu-os de pronto.

– Deixei a faca cair. Ela deve ter escorregado porque eu estava com a mão suada. No fim, foi assim que consegui abatê-lo. Minhas mãos funcionaram muito melhor quando não seguravam nada. Soquei-o na lateral da cabeça. Depois quebrei o nariz dele. Acertei um chute na virilha.

Assim que caiu de cara no chão, subi nas costas dele e não deixei que se levantasse. O meu corpo... sabia o que fazer.

Ahmare olhou para a Sombra.

– Eu me vi subjugando-o. Sei que parece estranho, mas juro, eu estava a dois metros de distância de mim mesma quando prendi a garganta dele com a dobra do cotovelo e comecei a estrangulá-lo. – Moveu o braço na posição, puxando a manga para cima, segurando o pulso, fazendo de conta que puxava para trás. Depois fez que soltou e olhou para onde estivera segurando. – Estou com hematomas bem aqui.

Virou o braço para que a Sombra visse as marcas arroxeadas.

– Enquanto eu dirigia para cá, o meu pulso doía, e eu não entendia o porquê. Mas estou com a marca da minha mão na pele.

Percebeu vagamente que a Sombra já não brincava mais com a arma.

– Acho que ele ainda estava vivo quando o rolei de frente. – Ahmare levou o braço para as costas, escondendo o pulso, como se conseguisse apagar o que fizera. – Quero dizer, ele estava respirando, ou pelo menos parecia estar, mas estava mole e ambas as pupilas estavam dilatadas quando o virei. Algo me disse que tinha que decidir o que faria então, o que era loucura. Eu já me decidira quanto ao que fazer. Passara o dia inteiro pensando nos passos que eu precisava dar. E mesmo assim hesitei.

Enrugou o nariz.

– Ele fedia. O sangue fluía pela parte de baixo do rosto, molhando a camiseta, e o cheiro era de ovo podre, um misto de enxofre e podridão das drogas. Disse a mim mesma que, de qualquer forma, ele não sobreviveria. Disse a mim mesma que ele vendia porcarias para os jovens, e, mesmo sendo humanos, não precisavam desse tipo de coisa perto deles. Disse a mim mesma... que ele era o motivo pelo qual o meu irmão estava sob o poder de Chalen. Que o que os dois haviam roubado do Conquistador fora culpa daquele macho, não de Ahlan. Nada disso pareceu importar quando chegou a hora. Ainda assim, eu achava que não tinha o direito de tirar a vida dele. As batidas do coração de uma pessoa são dela própria. Mesmo ladrões e assassinos recebem esse dom do Criador. E eu sabia... – Tocou no esterno. – Eu sabia aqui dentro que, se eu o matasse, eu não seria melhor do que ele. Eu seria a traficante para os jovens. Eu seria uma corruptora também.

– Então o que a fez seguir adiante? – a Sombra a incentivou a falar.

Ahmare estremeceu e se abraçou ainda que o ar dentro do chalé estivesse aquecido e um pouco abafado.

– Essa é a parte mais assustadora – ela disse.

– Por quê?

Encarou a outra fêmea nos olhos.

– Não sei o que me fez seguir adiante, e isso é assustador porque me faz pensar que há algo de horrendo dentro de mim que não consigo controlar. Digo a mim mesma, para não me achar um monstro, que aquele humano de alguma maneira estava tendo o que merecia. Ou talvez fosse por eu ter ensaiado tantas vezes a situação na minha cabeça, contanto que eu não pense mais assim, eu nunca mais farei algo semelhante. Só o que sei com certeza é que observei a minha mão se estender e apanhar a faca da terra. Nem limpei o cabo ou a lâmina. Senti todos os pedriscos grudados no meu suor na borracha e no sangue no metal. Acho que isso me ajudou a manter a faca firme na mão, e que diferença faria se a lâmina estivesse ou não limpa? – As pálpebras se abaixaram de novo, mas ela não suportou as imagens que via. – Eu só precisava de uma das mãos para a frente da garganta, mas atravessar a coluna exigiu as duas e toda a minha força. Idiota que fui, eu estava tentando cortar o osso em vez de só encontrar a junção entre duas vértebras. Dei um jeito nisso ao inclinar a lâmina em outro ângulo. E depois senti a faca entrar na terra fofa do lado oposto.

O chuveiro foi desligado do outro lado daquela porta, e Ahmare se apressou com a história. Aquilo era particular demais para ser dito na frente de qualquer um – e como foi estranho pensar nisso, já que conhecia a Sombra menos ainda do que conhecia o prisioneiro.

– Esqueci uma bolsa. – Fitou as tábuas gastas do piso do chalé. – Todo aquele preparo... e me esqueci de levar algo em que colocar a cabeça. Foi assim que descobri o que havia dentro do trailer. Eu tinha deixado o Explorer a uns quinze quilômetros dali, num estacionamento de um shopping a céu aberto. Se eu me materializasse com a coisa pingando... Bem, as lojas estavam fechadas, mas os humanos estão em toda parte, mesmo depois do escurecer. Então, entrei no trailer. O interior estava imundo e tóxico, mas havia uma caixa de sacos de lixo junto à pia. Peguei dois, pus um dentro do outro e voltei para perto do corpo. Por algum motivo idiota, senti culpa por deixá-lo com apenas um saco dentro daquela caixa, mas... fala sério? Era por isso que eu me desculparia com ele? E até parece que algum dia ele tirou o lixo daquele trailer...

Barulhos dentro do banheiro. Como se o prisioneiro estivesse colocando a toalha para trabalhar.

– Vomitei quando voltei e o vi. O sangue dele escorrera pelas artérias que eu cortara, formando um semicírculo escuro na terra, uma espécie de cabeça para substituir a que eu tirara. O desenho em arco me fez lembrar de quando minha *mahmen* me dera aulas em casa e eu aprendi sobre o Rio Mississippi e o modo como ele deságua no Golfo do México numa formação de aluvião em forma de concha abaixo da superfície do mar. Senti vontade de chorar. De alguma maneira, aquela imagem de pouca importância de um livro didático de geografia da minha infância estaria para sempre manchada, como se o homem morto tivesse voltado no tempo e espalhado seu sangue naquela página. Sinto como se essa contaminação, pelo menos agora, irá se espalhar por todas as lembranças da minha infância feliz e no modo como tudo costumava ser antes dos ataques. Sinto como se, ao matá-lo, tivesse matado tudo que estava protegido pelo severo guardião de "Tudo Como Era Antes". Antes de os *redutores* terem matado minha *mahmen* e meu pai, eu não era assim. Eu era eu mesma. Eu não era alguém que um dia mataria, e meu irmão jamais teria vendido drogas para sobreviver, e Chalen, o Conquistador, e o prisioneiro no seu banheiro e você e este chalé, tudo seria uma terra desconhecida com um idioma estrangeiro que eu nunca, jamais visitaria.

Ahmare esfregou o rosto.

– Mas faz sentido que eu perca algo quando tirei a vida dele. Não importam os motivos e as justificativas, eu não tinha o direito, e o equilíbrio precisava ser mantido. Agora ele está morto, e eu perdi a versão prévia de mim mesma de que eu tanto gostava, o último vestígio da minha família.

Abaixando as mãos, ela olhou para a Sombra.

– Portanto, você tem razão. Não sou talhada para isso. Prefiro ensinar defesa pessoal, e gosto muito de *latte* com especiarias e abóbora. Mas aqui vai mais uma verdade. Não podemos escolher o nosso destino, e, por mais que eu odeie o fato de ter que viver com o que fiz ao traficante – e só Deus sabe o que mais vai acontecer –, o que não posso e não irei suportar é não fazer nada para salvar o meu irmão. Ele é tudo o que me resta, ainda mais agora que perdi a mim mesma, e, por mais imperfeito que seja, eu o aceito vivo no lugar do nada cósmico que terei na Terra se Chalen o matar.

Houve uma longa pausa na qual seus olhares se encontraram.

Então, a Sombra guardou a arma no coldre e se virou para a geladeira.

– Está com fome? Tenho comida que podemos embrulhar para vocês dois levarem.

Capítulo 10

Duran fora incapaz de tolerar a água quente. Girar o registro barato para a inscrição "Q" fora um hábito enferrujado. Colocar-se debaixo do calor e da umidade fora insuportável. Conseguira apenas uma fração de segundo, o corpo formigando de prazer imprevisto, antes de ele virar a torneira para "F".

A má notícia sobre essa decisão se revelou quando ele saiu: sem nenhum vapor, o espelho partido do armarinho acima da pia estava tão nu quanto ele.

Captou seu reflexo pela primeira vez em mais de vinte anos.

Irreconhecível. E isso pareceu adequado.

Seus cabelos eram curtos e o rosto, barbeado quando foi capturado. Agora, a sua parte superior era um jardim abandonado, com mechas negras e grossas pendendo do alto da cabeça passando da altura dos ombros, uma barba da mandíbula e queixo passando a clavícula e chegando ao esterno. A única coisa que viu da qual se lembrava era a cor dos olhos. Azuis. Azul-claros.

Um azul pálido, opaco. Como vidro jateado.

Teve um pensamento fugidio de que precisaria manter tudo do jeito que estava. Era como se fosse uma camuflagem, aquela moita autogerada atrás da qual ele poderia se esconder. Raciocínio errôneo esse. No lugar para onde iria com aquela fêmea, ele se destacaria como um letreiro de neon. Uma gargalhada silenciosa.

Quando sua mão se ergueu para tocar a barba, ele a observou puxar uma, duas vezes, sem sentir qualquer textura contra a palma – dura e ondulada como parecia? Ou enganosamente macia, apesar do aspecto crespo?

Ele não sabia com certeza quem dissera ao braço para se levantar. Por certo, não tivera um pensamento consciente de realizar o movimento.

Algo a ser observado.

Foi um alívio se virar de costas. Tirou a toalha. Estendeu a mão para a tranca da frágil porta para sair. Uma parte danificada de seu cérebro concluiu que aquela introspecção era decorrente do lavatório pequeno: desde que não entrasse mais num espaço diminuto, nunca mais teria de se preocupar em se ver preso naquele circuito cognitivo de novo – que ele precisava evitar porque sabia aonde isso levaria.

Lembranças do que lhe fora feito.

E depois a ressonância da sua realidade atual: ou morreria ou voltaria para Chalen.

Mas não havia uma disputa entre essas duas escolhas. Aceitaria a primeira, correndo para ela como se tivesse correndo de um cão.

Voltando para o interior do chalé, percebeu que deveria ter estabelecido algumas regras básicas em relação a Nexi ficar sozinha com a fêmea. Considerando-se o que jazia à frente, nada de bom resultaria de uma confusão mental em Ahmare, e Nexi era excelente em confundir as pessoas...

As duas fêmeas estavam lado a lado diante da pequena bancada da cozinha embutida, passando uma embalagem de salame de uma para a outra. E também uma faca cega para espalhar mostarda e maionese. E depois saquinhos plásticos.

Não estavam conversando. Nem olhavam uma para a outra. Mas considerando-se a alternativa? Aquilo era melhor do que previra.

– Você sabe onde deixou suas roupas – Nexi murmurou por cima do ombro.

– Obrigado.

Ele não sabia pelo que diabos estava agradecendo. Era mais um pedido de desculpas, mas por que pediria desculpas pelo fato de ter sido atingido na cabeça e despertado na mesa de Chalen? Isso não fazia sentido.

Porque de qualquer forma você a abandonaria, ele pensou ao levantar a tampa do baú junto à cama. *E parece que ela não só sabe disso, como também a sua falta de emoções pode tê-la magoado.*

Duran foi rápido ao se vestir, colocando as calças de combate que tinham mais bolsos do que superfície lisa, assim como uma camisa de mangas compridas feita de material leve e coturnos com quase o mesmo tanto de sola que tinha de couro em cima. Três dos seus coldres estavam ali. Deixou um para trás. No cinto de munição ainda faltavam duas balas na fileira, os buracos no meio parecendo dois dentes incisivos que foram arrancados a murros.

Não se lembrava do motivo de tê-las tirado da fileira. No que atirara.

Não conseguia se lembrar de muitas coisas. É o que acontece quando você mantém o foco em alcançar um resultado.

Muitas partes não relacionadas à sua boneca Kewpie* ficam faltando.

Olá, Nexi.

Duran se inclinou para fechar a tampa do baú e, ao se endireitar, sentiu uma onda de tontura.

– Eu bem que gostaria que houvesse tempo para me alimentar – disse para ninguém em especial. Estar no auge das suas forças seria de grande ajuda.

Nexi gargalhou junto à bancada.

– Tô fora.

Não pedi nada, ele pensou, mas ficou quieto. Não queria colocar ainda mais lenha na fogueira do que já colocara devido à sua mera presença.

– O quadriciclo está onde o deixei? – ele perguntou.

---

* Kewpie é uma marca de bonecos e bonecas que foram concebidos como personagens de quadrinhos pela cartunista Rose O'Neill. (N.T.)

Nexi deu as costas para a comida e foi até sua mesa de trabalho. Jogando um molho de chaves para ele, disse:

– Sim, e eu o dirigi ontem. Está com o tanque cheio.

– Obrigado.

– Pode parar com isso.

A fêmea, Ahmare, fechou o zíper de uma mochila.

– Tem certeza de que podemos pegar isto emprestado?

– É dele mesmo. – Nexi foi até a porta e a abriu. – Vou ficar com o SUV se vocês não voltarem. Pense nisso como aluguel por eu ter cuidado das coisas dele.

– Ela não é responsável pelas minhas ações – ele se ouviu dizer.

– Agora ela é.

– Tudo bem – Ahmare disse ao deixar o controle do carro na bancada. – É mais do que justo. E obrigada pela comida.

Nexi ignorou a ambos, encarando de propósito o que restava da noite. No breve silêncio que se seguiu, Duran sentiu a necessidade de dizer algo antes de partir. O impulso era o mesmo, supôs, de quando você derrama líquido no chão de alguém e se vê compelido a ir atrás de papel-toalha.

– Nem pense nisso – Nexi disse com aspereza. – Quer fazer o que é certo para mim? Saia logo daqui e a leve com você.

Paralelos estranhos na vida, ele considerou ao sair. Quando a deixara da última vez, soubera que voltaria a vê-la e temera esse momento. Agora, sabia que não a veria mais... E também temia isso.

Tantas coisas não ditas. Tantas retificações que jamais seriam feitas.

Por que as pessoas sempre aprendem a respeito de si mesmas tarde demais?, pensou.

CAPÍTULO 11

O quadriciclo cobria a topografia cada vez mais irregular, mas não menos verdejante com a graciosidade de um cavalo bravo e o recato de Sid Vicious.

Enquanto se segurava a um par de alças junto ao banco — porque a outra opção era o corpo de Duran —, Ahmare era sacolejada de um lado a outro, a bunda subindo e aterrissando tão desequilibrada que acabou desenvolvendo a competência de se reposicionar com agilidade no meio. Pior que isso, o rugido do motor a enlouquecia. O ruído agudo de perfurar os tímpanos se aproximava em altura à ansiedade que vibrava em seu corpo e sua mente, a descarga de adrenalina superava o seu limite.

Não suportava um segundo mais dessa demora. No entanto, lá estava ela, próxima ao amanhecer, sem nada além de horas e horas de inatividade à sua frente enquanto o irmão permanecia sob o poder de Chalen. Era como um pesadelo no qual você tenta chegar em casa, mas obstáculo após obstáculo o retarda: carros quebram, estradas ficam bloqueadas, você erra o caminho para terminar com portas trancadas cujas chaves não funcionam.

Quando o irmão não voltara ao amanhecer, três noites atrás, e depois não atendera o celular, não postara nada nas mídias sociais nem aparecera à meia-noite, Ahmare entrara no quarto dele no apartamento que dividiam e abrira a última gaveta da sua cômoda. Lá, em meio às camisetas de bandas de rock favoritas, jeans meio gastos e camisas de flanela que fariam parte do seu vestuário a partir de setembro, havia um envelope lacrado e com uma etiqueta em sua letra de mão bagunçada.

"Em caso de emergência".

Uns nove meses antes, quando estava para sair de casa, ele lhe dissera que queria que ela sempre soubesse onde estaria. Ahmare perguntara para que ele achava que serviam os celulares, mas Ahlan se mostrara sério, para variar, e lhe contara do envelope e onde estava guardado. Ela não pensara mais nisso desde então.

Foi assim que entrara em contato com Chalen. Ligara para o número de longa distância de dez dígitos e, depois de algumas transferências dessa ligação, viu-se conversando com o "empregador" de Ahlan.

Ela soubera que o irmão vinha traficando. A princípio, quando rolos de cédulas começaram a aparecer nos bolsos dele e uma tv nova do tamanho de uma piscina olímpica foi entregue, recusara-se a examinar em detalhes o que ele poderia estar fazendo para ganhar dinheiro. Fora uma dessas questões, como sua vida sexual com várias mulheres e fêmeas, sobre as quais ela absolutamente se recusava a pensar a respeito.

Mas, então, ele começara a usar.

Os olhos vidrados. A fala lenta. A crescente paranoia.

E, por fim, aquele humano, Rollie, começara a aparecer em casa.

Tivera de confrontar Ahlan a respeito do homem certa noite. Assim que o humano fedido, desdentado e agitado saíra, colocara o irmão contra a parede e ele prometera que pararia. Com tudo.

Cinco noites mais tarde, ele desapareceu.

Rastreando Rollie, descobrira o tráfico de drogas para menores, algo que a enojara porque não havia como o irmão não ter participado disso também. Depois vieram o trailer e a decapitação. A longa viagem até Chalen.

Do segundo em que iniciara aquele telefonema para o Conquistador, medira o tempo como um Rolex, ciente de que o irmão era um paciente de trauma e ela era a única ambulância que poderia salvá-lo.

Horas contavam. Segundos… contavam.

Só que, agora, depois do confronto e da nova tarefa designada por Chalen, que provavelmente seria uma missão suicida, ela voltara aonde estivera ao rastrear Rollie e tentar descobrir como matá-lo: esperando com uma bomba no colo, o tique-taque dos minutos enlouquecendo-a.

Enquanto era açoitada por galhos e folhas, entrando cada vez mais na floresta densa com um desconhecido, tentava encontrar uma maneira de passar o tempo durante o dia.

Deu um tapinha no ombro de Duran. Quando ele não respondeu, repetiu com mais força.

O rosto barbado se virou de lado. Acima do barulho, ele disse:

– Falta pouco...

– Pare! – ela berrou. – Pare agora!

– ... está machucada?

Ficou claro que ela não ouvira o "você" no começo da frase.

– Precisamos pensar sobre isto. Deve haver uma maneira de...

Quando ele a ignorou e se concentrou na mata à frente, percebeu que, se o fizesse parar para ter uma conversa que não daria em nada, só estaria desperdiçando a única coisa que não suportava perder – como o sobrevivente de um acidente aéreo em pleno deserto usando o que restava de água no rosto em vez de bebê-la.

Mas, maldição, quando diabos ela faria algum tipo de progresso ali?

Por fim, o macho desacelerou. Parou.

– Desça – ele ordenou.

Ahmare já fazia isso, empunhando o gatilho da coleira – para a eventualidade de este trajeto pré-aurora ser apenas uma desculpa para confirmar sua opinião sobre aquele lugar úmido, infestado de insetos e tomado por folhagem onde os cadáveres das mulheres eram desovados. Ou, no seu caso, das fêmeas. Não que seus restos mortais fossem durar muito tempo. Mesmo sob o dossel das árvores, o formigar de alerta na pele lhe dizia que o sol estava para aparecer.

– Vamos a pé pelo restante do caminho.

Ahmare ficou agradecida quando ele se pôs a correr, a mochila presa às costas tão apertada que era como a sela de um cavalo, não havia nada frouxo atrapalhando.

O modo como ele segurava galhos e se abaixava e desviava era impressionante, e ela se viu espelhando seus movimentos, os dois se tornando parceiros de dança de canções clássicas como "Torrando em Dez Segundos", "Em que Porra de Lugar Estamos?" e a sempre presente "Jesus, Onde é que Vamos Parar?".

Depois tudo escureceu e esfriou um pouco, quando chegaram a um aclive gradual.

As trepadeiras recuaram, os troncos das árvores afinaram e as copas se ergueram o suficiente, de modo que ela já não era mais atingida no rosto. No chão, só havia camadas de folhas em decomposição, um *tiramisù* de terreno.

Maravilha, passaram pela salada. Só restava a sobremesa.

Pedras agora. Afloramentos de granito com fendas.

Margeavam a base de uma montanha, o ar fresco descendo do topo que Ahmare não conseguia enxergar, a mudança nas correntes de temperatura tão distinta, que ela percebia com exatidão quando entrava e saía delas.

O prisioneiro parou ao lado de um toco apodrecido. Pegando dois gravetos, cada um com um metro de comprimento, ajeitou um ao lado do outro em determinado ângulo.

– O que está fazendo? – Ahmare quis saber, erguendo o olhar para acima das árvores.

Piscou com força para o céu incrivelmente claro, com as retinas berrando para ela.

– Venha, por aqui.

Quando a mulher não começou logo a correr, o macho a agarrou pelo braço e a arrastou enquanto os olhos dela marejavam e sua vista ficava borrada sem distinguir muito mais.

O prisioneiro parou de repente.

– Esprema-se para entrar aí.

Tentando enxergar, ela se perguntou sobre que diabos ele estava falando. Não havia nenhum "aí" que Ahmare conseguisse enxergar, apenas um agrupamento de rochas imensas que pareciam ter sido largadas como bolas das mãos de um deus ao pé de uma montanha que ele estava circundando.

– Aqui.

Ele mudou seu ângulo, virando-a para revelar... Sim, havia uma pequena fenda ali.

Ahmare passou de lado, espremendo-se, a jaqueta raspando no líquen tanto na frente quanto atrás. Logo, porém, o aperto cedeu e deu espaço a um bolsão mais largo iluminado apenas pela fissura pela qual entrara. Quando o prisioneiro se juntou a Ahmare, os dois ficaram tão próximos que os cabelos do macho colaram no rosto dela.

Clique.

A lanterna que ele acendeu iluminou o espaço.

– Bem como eu me lembrava.

Ahmare não fazia a mínima ideia do que ele falava. Só havia mais paredes de pedra escura de uma caverna estreita...

O prisioneiro estendeu a mão e puxou uma cortina de camuflagem que estivera presa à pedra, o tecido pesado pintado e costurado para disfarçar sua verdadeira identidade de ter sido feita por um humano. Por trás das dobras, uma porta de aço inoxidável suja de terra da floresta brilhava como uma poça de lama.

O prisioneiro apertou algo num painel acoplado à esquerda na altura da cintura. Houve uma série de bipes. Nada se acendeu. Tampouco se soltou.

– Maldição. – Repetiu a sequência. – Vamos lá...

Como alguém adormecido que aperta o botão soneca, algum tipo de sistema despertou e houve um baque seguido de um deslizar que ressoou muito alto por haver graxa demais no que quer que se movia.

O sibilo estava mais para algo que não era aberto há vinte anos do que algo simplesmente fechado.

Quando Duran entrou primeiro, Ahmare desejou estar iluminando tudo, mas tinha seu gatilho em uma das mãos e uma arma na outra.

Não havia como saber o que havia ali dentro, e ela não queria se arriscar.

Capítulo 12

Exatamente como o deixara, pensou Duran ao entrar no *bunker* e as luzes ativadas por movimentos se acenderem.

O esconderijo era um cômodo revestido de aço inoxidável encravado na base da montanha, o famoso porta-pães enterrado na terra. Construíra e equipara o lugar durante um ano e meio, e o esconderijo fora crucial para o seu plano de vingança. Roubara dinheiro dos vastos recursos do culto para construí-lo, escoando fundos dos cofres da seita para pagar os humanos, que não faziam a mínima ideia de que trabalhavam para um vampiro, a fim de completar o projeto. A eletricidade que o alimentava também fora furtada do complexo espiritual, tendo quilômetros de fios e cabos subterrâneos.

Ahmare entrara com a pistola empunhada e o polegar no gatilho da coleira.

Enquanto ela olhava ao redor, ele avaliava o espaço de seis por seis metros através do olhar de um anfitrião e achou que o catre único, um vaso sanitário rudimentar e o piso de metal deixavam a desejar apenas de forma não muito importante.

Quem se importava em ter algo macio em que se deitar? Aquele lugar era uma salvação para retomar o fôlego durante uma fuga.

Ou, no caso deles, uma catapulta para fugir do dia.

Duran se inclinou para trás e reajustou a cortina de camuflagem nos ganchos. Depois, fechou a porta de aço e digitou a senha para trancar. A notícia ruim era que não havia outra saída. Com um pouco de sorte, os guardas de Chalen tiveram de recuar por conta do sol que se aproximava. Ele não queria que o Conquistador soubesse desse esconderijo.

– Merda – murmurou.

A fêmea girou, o rabo de cavalo formando um arco atrás da cabeça.

– O que foi?

– Eu pretendia pegar emprestado um par de tesouras de Nexi. – Tirou a mochila e coçou a barba. – Tenho que me livrar de todo este pelo antes de nos infiltrarmos. – Quando ela só o encarou, ele franziu a testa. – O quê?

– Acho que você vai mesmo me levar, então.

– Sim, eu vou. – Sentou-se no chão, cruzando as pernas. – Vamos comer e dormir um pouco. Assim que a noite cair, não vamos mais parar até você conseguir o que Chalen quer ou morreremos tentando.

Quando Ahmare se juntou a ele, guardou a pistola, mas manteve o gatilho na mão.

– Pode relaxar. – O homem pegou os sanduíches que ela e Nexi haviam preparado de dentro da mochila. – Se eu fosse machucá-la, não estaria te entregando calorias.

– Estamos longe? – ela perguntou ao aceitar o que lhe era entregue; mas manteve o gatilho sobre a coxa. – Quanto tempo ainda de viagem?

A frustração que não tinha nada a ver com ela fez com que Duran quisesse argumentar a questão de que não seria agressivo com ela. Começou a comer para impedir a si mesmo de desperdiçar as cartas que tinha nas mãos.

– Não é muito longe.

– Quanto?

Quando Ahmare o encarou, ele soube que era uma pergunta justa. Inferno, depois de tudo o que vira e vivenciara no culto, conhecia muito bem todos os perigos que vinham do fato de você colocar a sua vida nas mãos de outro. E ficou tentado a lhe contar tudo: a localização da entrada escondida para as instalações subterrâneas do culto; o plano para depois que burlassem o sistema de segurança; onde a amada de Chalen era mantida; e como a evacuação se daria.

Havia dois problemas em revelar tudo. Primeiro, já fazia mais de vinte anos e, embora ele soubesse que o culto ainda existia – porque *Dhavos* adorava tanto seu papel de semideus que jamais abriria mão dele –, não havia como saber quais eram as mudanças desde que estivera lá pela última vez. As informações que tinha poderiam estar obsoletas e, sem ele para tentar entender a situação, a mulher fracassaria de maneira espetacular.

O segundo motivo que o fazia ficar calado? Precisava continuar indispensável ou perderia seu poder de barganha junto a ela. Haveria um momento em que teria de seguir o próprio rumo, quando seus objetivos de se infiltrarem no complexo e se esquivarem da captura os fariam seguir caminhos diferentes.

Quando o objetivo dela de conseguir a amada e a única chance dele de se vingar os levariam em direções opostas.

Não havia como saber quando essa separação ocorreria, e, por conta do modo como Chalen estabelecera as regras, ela deveria levá-lo de volta à cela do calabouço do Conquistador. O que não iria acontecer. E ele tinha de se certificar de que ela estivesse numa situação de ter de escolher entre a vida do irmão e a sua liberdade.

Era a sua única chance.

Enquanto a grave realidade daquele "relacionamento" era assimilada por ele, Duran pensou que era irônico que sua versão de liberdade fosse matar outra pessoa. Não era um lar seguro, uma companheira, nem mesmo a ausência da dor física.

Liberdade era matar o pai por tudo o que ele fizera à sua *mahmen*. E depois, se sobrevivesse a isso?

Retornaria ao castelo de Chalen. Mas não como prisioneiro.

Portanto, não. Não poderia lhe dar mais informações.

De repente, seus olhos baixaram para os lábios dela – e um pensamento verdadeira e incrivelmente desnecessário ricocheteou tal qual uma bala perdida em sua cabeça: desejou lhe dar mais.

Como seu sangue... seu sexo.

O fato de chegar a uma situação tão inapropriada, mesmo que apenas em sua mente, fez com que ele se lembrasse do momento em que captara a fragrância dela pela primeira vez. Havia alguma coisa nessa fêmea em particular que acendia algo dentro dele, e ele não conseguia explicar. Na época em que estivera no culto, sexo não era permitido – a menos que *Dhavos* o decretasse, e isso costumava envolver o macho todo-poderoso.

Duran sempre estivera preocupado demais em resgatar sua *mahmen* para pensar nessa proibição ou dar seguimento ao que, mesmo que por um instante, lhe chamasse a atenção. E depois, quando estivera no calabouço? Tomar daquelas veias equivalera à sobrevivência, não tinha nada a ver com atração.

Esta fêmea... Ahmare... mudara tudo isso para ele. Não que um deles estivesse na posição de fazer qualquer coisa a esse respeito. Ou, no caso dela, estivesse propensa a isso.

– Água? – ele ofereceu ao estender uma garrafa.

Ahmare pensou, enquanto mastigava e olhava para todo aquele metal que os cercava, que devia ser assim que o milho em lata se sentia.

O *bunker* fora feito de chapas de aço parafusadas umas às outras, as beiradas se sobrepondo, rebitadas por filas verticais de parafusos. Por algum motivo, as fileiras bem ordenadas de cabeças hexagonais fizeram com que pensasse nos antigos vestidos da era Vitoriana que estiveram no armário de sua *mahmen*, os botões às costas espaçados a intervalos regulares em seus ganchos ou buracos como filhotes bem comportados.

Mordendo mais um pedaço do sanduíche que preparara com a Sombra, achou que o pão e o salame eram apenas textura, nada de gosto na boca. Mas ela não comia para degustar.

– Mais água? – o prisioneiro perguntou.

Quando Ahmare pegou o que lhe era oferecido e bebeu de novo, uma parte do seu cérebro reconhecia que estava encostando os lábios onde os dele estiveram.

Seus olhos se desviaram para a barba. Não conseguia enxergar nada da boca com aqueles pelos crescidos e concluiu que isso era muito bom. A menos, claro, que tudo ali embaixo fosse feio; talvez isso ajudasse, porque assim não estaria pensando em lábios... e línguas.

Nos lábios dele. Na língua dele.

O problema era que o cheiro dele invadindo seu nariz, substituindo as notas metálicas presentes no ar, funcionava como linhas telefônicas operantes em seu painel de controle que há muito, muito tempo, não era ligado.

E também havia os ombros. Debaixo da camiseta muito bem lavada, eles trabalhavam conforme ele mordia, quando ele desembrulhou um segundo sanduíche, bebeu mais água. Toda vez que aquele braço se levantava, o bíceps apertava tanto a manga que ela sabia que a costura estava sendo repuxada, e, toda vez que o braço abaixava, a camisa parecia respirar aliviada, por ter passado num teste.

O cabelo do macho estava secando agora que se encontravam fora da umidade, com as mechas enrolando nas pontas dos fios compridos, e Ahmare teve a sensação de que seriam macios ao toque de uma maneira que o corpo dele não seria. O xampu que o prisioneiro usara no chuveiro da Sombra os deixara brilhantes – ou talvez ele tivesse usado apenas sabonete mesmo.

Engraçado, não conseguia sentir o perfume do que usara. Em geral, na academia na qual trabalhava tinha de obrigar suas narinas a não perceberem todos os sabonetes líquidos, os cremes e as colônias que os humanos usavam para amplificar de maneira artificial seus cheiros em função da deficiência olfatória que tinham.

Ela sentia aquele macho no nariz, descendo até a base da garganta...

Concentre-se em Ahlan, ordenou-se. O que ela precisava fazer era...

– Não vou te machucar.

Quando o prisioneiro falou, Ahmare se sobressaltou e teve de se esforçar para entender o significado daquelas sílabas.

– Você está me encarando – ele disse ao terminar o sanduíche. – E só posso deduzir que está preocupada em como será o dia. Então, deixe-me tirar isso da sua cabeça. Não vou tocar em você.

O fato de sua libido sentir uma ferroada de rejeição fez com que ela quisesse bater a cabeça na parede até deixar uma marca nela com o formado do próprio rosto.

Ele apontou para o catre.

– Pode dormir ali. – Depois apontou na direção oposta, para uma parede nua. – Dormirei ali. E você sempre terá esse gatilho. Pode me derrubar num segundo, não foi isso o que me disse?

Sim, ela vinha lembrando a si mesma desse fato em diferentes momentos daquela maldita aventura em que se encontravam. Mas preocupação com seu bem-estar não era o que estivera em sua mente ao encará-lo agora há pouco, não que ele fosse saber o motivo real.

– Conte-me a respeito do seu irmão – o prisioneiro pediu ao juntar as embalagens usadas, segurando uma para guardar as outras.

Ahmare inspirou fundo e deduziu que conversar era melhor do que ficar em silêncio.

– Ele tem quase dois metros de altura, então é um pouco mais baixo do que você. Cabelos escuros como os meus. Olhos verdes como os meus também. Ele nasceu sessenta anos depois de mim. Fiquei muito feliz.

Estatística bem básica. Mas que não revelava nada de verdade sobre Ahlan.

Baixou o olhar para a meia-lua da sua mordida no sanduíche.

– Ahlan era cheio de energia, quero dizer... ele é. E isso era uma boa característica antes dos ataques, algo que dava vida à casa. Mas depois que meus pais foram mortos... – Balançou a cabeça. – Ele perdeu o rumo. Na verdade, nós dois agimos como o esperado em tais circunstâncias. Em redobrei o meu autocontrole, ele se tornou fogos de artifício disparando em milhares de direções. Eu me recusei a ficar pensando na minha dor, enterrando-me em habilidades de defesa pessoal e em armas que chegaram tarde demais. Ahlan correu do luto dele, indo atrás de quaisquer distrações que podia.

Pigarreando, ergueu o olhar.

— Não consigo terminar este sanduíche. Você o quer?

O prisioneiro estendeu a mão, e foi então que ela percebeu que seus cinco dedos não tinham unhas.

— Foram arrancadas tantas vezes — ele explicou — que pararam de crescer.

— Lamento muito — ela sussurrou quando o macho levou à boca o que lhe era dado e depois apoiou a mão com a palma para cima no colo, de modo que o lugar em que deviam estar as unhas ficasse oculto.

— Como Chalen se envolveu nessa história? — ele perguntou.

Ahmare abriu a boca com o intuito de falar. Mas nenhuma palavra parecia capaz de sair.

As sobrancelhas do prisioneiro se abaixaram, mas ele não parecia ofendido. Era mais como se lembranças ruins estivessem voltando para ele.

— Meu pai me deu a Chalen — Duran lhe contou. Quando ela se retraiu, ele sorriu. Ou, pelo menos, foi o que Ahmare pensou. Era difícil ter certeza por causa da barba. — Meu pai é um macho muito supersticioso, e a superstição se torna um fato complicado se você acredita o bastante nela.

— Não entendo.

— Meu pai acredita que, se você mata um descendente direto seu, você também sofrerá um evento mortal. É como se, em sua mente, ele e eu estivéssemos ligados por um vínculo intrínseco, e, se ele causar a minha morte, isso equivale a cometer suicídio. Ele também morrerá.

— Nunca ouvi nada a respeito disso.

— É uma crença do Antigo País.

— Nasci no Novo Mundo.

— Eu também. Mas os velhos hábitos persistem, não? — Plantou as palmas atrás dos quadris com firmeza e se apoiou nelas. — Ele também acreditava que eu iria atrás dele uma noite qualquer. Uma situação complicada para um cara que planeja ter uma vida longa. Seu Anjo da Morte particular à solta no mundo, rastreando-o, à espera de um deslize seu, no entanto, ele não podia eliminar a ameaça.

— Você fala como se fosse o assassino dele.

— Serei.

Ahmare piscou em reação a isso.

— Por quê?

— Ele estuprou minha *mahmen*. Várias vezes. Foi assim que eu nasci. Ele a tomou uma vez e não conseguiu mais parar. Quando o cio dela chegou, ele a possuiu incontáveis vezes. A natureza do vício dele por ela o prejudicou, e acredito que o plano era matá-la assim que tivesse se divertido com ela ao fim do período fértil, como um maldito alcoólatra numa farra. Mas, quando chegou ao fim, ele percebeu que podia estar numa situação complicada devido àquilo de "não poder matar o próprio filho". Ele tinha que esperar para ver se ela havia engravidado, e isso aconteceu. Não tenho a menor dúvida de que ele desejava que nós dois morrêssemos no parto, porque ouvi dizer que ele teve pesadelos repetitivos de que o que ele procriara se vingaria pelo modo como a concepção ocorrera. Não teve sorte em provocar o funeral de mãe e feto, filho, e depois, para o seu horror, nasceu um macho. Como se uma fêmea não fosse forte o bastante para executar uma vingança?

— Então ele lhe deu a Chalen para que outra pessoa te matasse?

— É isso aí.

— Você, então, era um membro do culto?

— Sim, eu nasci dentro dele.

— E o que aconteceu com sua *mahmen*?

— Meu pai a manteve viva porque a amava e gostava de torturá-la com a sua presença. No segundo em que ela morreu de causas naturais, ele me mandou para Chalen. Poderia ter feito isso antes, mas eu era parecido com ele e, toda vez que os olhos de minha *mahmen* encontravam os meus, era como se ele estivesse com ela. É um maldito doente.

– Houve uma longa pausa. – Contudo, ela me amava. – Quando a voz do prisioneiro fraquejou, ele pigarreou. – Não sei como... mas ela me amava como filho. Como diabos conseguia fazer isso? Ela deveria ter me odiado.

– Nada disso foi culpa sua.

Olhos baços se encontraram com os seus.

– Não, eu sou apenas o símbolo vivo de tudo o que ela teve que suportar. Eu não teria sido capaz de fazer o mesmo se estivesse no lugar dela.

– O amor de uma *mahmen* é a maior força do universo. – Ahmare pensou na própria família. – É sagrado. É mais forte que o ódio. Mais forte que a morte também. Às vezes eu acordo no meio do dia e juro que sinto a mão da minha *mahmen* no meu ombro e sua voz suave me dizendo que tudo ficará bem porque nunca irá me deixar. É como se, mesmo do Fade, ela estivesse cuidando de mim.

Mas, se isso fosse verdade, Ahmare pensou, como é que o irmão acabara num caminho tão ruim? Por certo, a fêmea também velava por ele, não?

– Jamais entenderei – disse o prisioneiro.

Ela voltou a se concentrar.

– Não precisa. Não precisa nem aceitar porque cada respiro seu e cada batida do seu coração fazem isso por você. O seu pai pode ter sido mau, mas o amor venceu no fim, não foi?

Houve mais um longo período de silêncio.

– Não – ele disse, por fim. – Não acho que seja assim.

CAPÍTULO 13

— Então, me diz, você é boa com uma faca?

Enquanto o prisioneiro fazia a pergunta, Ahmare teve uma rápida imagem da sua... decapitação.

— Médio — ela disse depois de sentir uma onda de enjoo. — Por quê?

— Preciso tirar isto. — Ele puxou a barba e os cabelos. — E, sem tesouras e lâmina de barbear, vou precisar de ajuda.

— Espelho — ela acrescentou.

— Oi?

— Também seria bom ter um espelho. — Ficou de joelhos e desembainhou a faca de caça. — Mas posso cuidar disso. Meu pai costumava se barbear com uma navalha e me ensinou como fazer isso.

— Importa-se se formos até lá? — Duran apontou para o catre. — Estou dolorido.

Quando ele se ergueu do chão, grunhiu e houve alguns rangidos, como galhos se partindo durante um outono seco. Também houve alguns estalos que a fizeram se perguntar se ele não precisaria realinhar alguns ossos fraturados.

— Quantos anos você tem? — ela deixou escapar.

— Não fico contando os anos. Mas é certo que sou jovem demais para me mover assim. — Ele claudicou e gemeu ao se sentar sobre o colchão fino, sem lençóis. — Coisas demais fraturadas sem terem sido consertadas como deveriam.

Ahmare foi se levantando devagar. De outro modo, pareceria que estava se gabando por não estar cheia de dores.

Ao se aproximar do macho com a faca de caça, sentiu-se surpresa por ele ficar ali sentado tão calmo enquanto alguém o abordava com uma lâmina reluzente capaz de provocar sérios estragos...

Sem aviso algum, o delta do Mississippi de sangue fluindo da garganta dilacerada de Rollie surgiu, um invasor que ela preferia que se mantivesse bem distante de sua propriedade proverbial. Deus, se nunca mais pensasse nessa morte, ainda assim seria cedo demais. A questão era que ela não conseguia ignorar o fato de que a última vez que tivera aquele cabo na palma fora para matar.

Agora era para barbear.

Ficou imaginando se conseguiria ser como aquela lâmina. Conseguiria dar as costas para a carnificina e retornar à normalidade? Pensando assim, depois de tudo isso, como ela seria, caso sobrevivesse?

Pensou na analogia que fizera à Sombra, aquela em que os dedos de Rollie penetravam na grande linha divisória da sua vida, contaminando-lhe o passado pacífico. Só que, talvez, a contaminação não tivesse começado com Rollie. Talvez tivesse começado com os ataques, com a morte dos seus pais. Talvez esse fosse o início de tudo se tornando tóxico e sua situação atual fosse o reflexo do sangue dos pais ter sido derramado.

Talvez ela tivesse percebido a linha do tempo de maneira equivocada, ainda que a conclusão fosse correta.

– E aí? – o prisioneiro a incitou.

Fora parar diante do homem, ela percebeu, e encarava a barba dele sem, de fato, enxergá-la.

– Desculpe – disse ao colocar o gatilho no bolso de trás, tentando se concentrar em como se livrar de todo aquele pelo facial sem cortá-lo.

Quando o macho esticou o braço e a segurou pela mão, ela se sobressaltou, mas só o que ele fez foi segurá-la, sendo uma âncora sólida e surpreendentemente tranquilizadora em meio ao caos.

– Está tudo bem. – A voz dele era suave. – Sei como é ver o mundo desaparecer por trás daquilo que você preferiria não ver de novo. Pode levar o tempo de que precisar para voltar, e não só porque temos horas e horas diante de nós.

Ahmare baixou o olhar para onde inesperadamente se ligavam. A palma do macho tornava a sua própria pequena, mas o calor da pele dele era igual ao seu.

O polegar dele, aquele polegar machucado e sem unha, a afagou duas vezes.

Depois a soltou e inclinou o queixo para cima, pronto para quando ela estivesse.

Lágrimas se formaram nos olhos de Ahmare, deixando-os nublados. Percebeu que poderia lidar com qualquer coisa, menos com gentileza.

A fêmea era de fato impressionante, Duran pensou. E não de uma maneira convencional.

Não era a sua presença física. De fato, enquanto essa convicção se formava, ele não conseguia descrever nenhum detalhe das feições dela. Nem sequer conseguia visualizá-la.

Porque não era por causa do rosto ou do corpo dela.

Ahmare era linda para ele por causa da maneira como o fazia se sentir. Era como um golpe de sorte quando nada mais dá certo na vida ou a suspensão inesperada de um peso que o estivera esmagando… ou o bote salva-vidas que aparece bem quando a sua cabeça afunda pouco antes do último respiro.

E em reação a isso, pela primeira vez em muito tempo – desde sempre, talvez –, ele sentia algo relaxando dentro de si. Demorou um minuto para perceber o que era.

Segurança. Ele se sentia seguro com Ahmare – e isso não era irônico, dada a faca de caça de vinte centímetros na mão dela? Mas a questão é que Duran sabia que ela não iria atacá-lo, e não só por precisar dele para conseguir pegar a amada de Chalen. A crueldade não fazia parte da sua natureza. Assim como a cor dos olhos e o formato do corpo, o fato de ela ser uma defensora, uma pacificadora em vez de agressora, era uma parte intrínseca a ela.

– Vou começar pela barba.

Demorou um segundo para ele perceber sobre o que ela se referia. Ah, claro. O barbear e o corte.

Ahmare segurou a barba na parte mais baixa.

– Serei o mais gentil que puder, está bem? Avise se doer.

Ele pensou que fazia um bom tempo que não ouvia isso.

Houve um puxão e Duran contraiu os músculos do pescoço para manter a cabeça firme no lugar. E logo ela começou a cortar.

– Está cega – Ahmare murmurou. – Maldição, me desculpe.

– Tudo bem. Faça o que tem que fazer.

Faça o que quiser fazer, ele pensou consigo mesmo. Mas ficou calado, porque, de repente, não estava mais pensando na barba, na faca, no barbear. Estava pensando em outras coisas, em outras situações.

Nas quais ele poderia encorajá-la. Poderia lhe fazer pedidos. Poderia... implorá-los a ela.

Os olhos se detiveram na boca. A concentração de Ahmare era tamanha que ela mordia o lábio inferior num dos lados, o canino afiado pressionando a carne rosada e macia. Lá embaixo, entre as pernas, por trás do zíper das calças de combate, Duran sentiu o sexo engrossar. A reação, ainda que natural, parecia um sinal de desrespeito, mas não se desculparia – não poderia fazer isso sem que ela acabasse reconhecendo algo que, sem dúvida, a incomodaria.

Infelizmente, não havia como interromper sua ereção. O fato de o pau estar estrangulado pela costura das calças, contudo, parecia um castigo adequado, e ele esperava que o desconforto pudesse conduzir ao amolecimento, forçando o grandão a andar na linha...

Um afrouxamento repentino da pressão fez com que sua cabeça fosse para trás, e ele teve de se segurar no catre. Relanceando para baixo, avaliou o quanto Ahmare já tirara da barba. Quinze centímetros, no mínimo.

Pense só, as pontas de tudo aquilo apareceram em seu rosto logo depois do último barbear. Aquele que fizera sem ter ideia de que, quinze minutos depois, seria golpeado na cabeça e então acordaria num pesadelo vivo que duraria vinte anos.

Aquele no qual tomara um cuidado especial porque quisera estar bem apresentável na cerimônia do Fade de sua *mahmen*.

Devia ter sabido, contudo, que com a morte dela sua sorte pioraria.

– Eu estava atordoado demais pelo sofrimento da perda.

– O que disse? – Ahmare perguntou ao se aproximar dele de novo com a faca.

Um puxão num dos lados isolou uma porção que estava mais próxima à linha do maxilar. Quando isso foi cortado, ela avançou um pouco. E de novo. Mais uma vez. Até que o que deixava no colchão eram tufos em vez de um comprimento único e coeso.

– Eu deveria ter sabido o que meu pai faria – ouviu-se dizer. – Deveria ter antecipado. Mas eu estava sofrendo demais com a morte dela. – Fechou os olhos ao se lembrar do declínio que a conduziu à morte. – Houve algo de errado com o estômago dela. Se fosse humana, eu diria que havia sido câncer, mas, de qualquer maneira, algo estava errado e não havia como levá-la a um curandeiro. Naquelas últimas semanas ela foi ficando cada vez mais fraca, nem bebia do meu pai quando ele insistia que lhe sorvesse a veia. Tive muito orgulho dela porque negar isso a ele o deixava louco, mas eu não sabia que ela estava doente. Eu teria escolhido a humilhação e a raiva impotente que sempre senti quando ela sorvia dele se isso significasse que ela continuaria comigo.

De repente, Duran levantou as pálpebras.

– Mas isso é egoísmo, certo? Quero dizer, querer que ela vivesse não importando o custo para nós dois só para eu não ter que sofrer.

– Isso é normal. – A fêmea o fitou nos olhos. – Parece-me que vocês só tinham um ao outro.

– Acho que eu queria que ela visse eu me vingar. Mas ela não teria gostado disso. Ela era como você.

– Como eu? – Sobrancelhas escuras se ergueram. – Vire deste jeito. Assim.

Ele obedeceu, deixando que a cabeça pendesse seguindo as orientações gentis de Ahmare. Mas, pensando bem, teve a sensação de que, se ela lhe pedisse que arrancasse a própria mão, ele teria aquiescido. E também teria limpado a lâmina antes de devolvê-la a ela.

– Ela tinha uma boa alma – ele disse. – Uma pessoa gentil. Não queria fazer o mal. Assim como você.

Ahmare gargalhou sem achar graça.

– Passo minhas noites ensinando defesa pessoal. Socos e chutes, técnicas e aulas práticas.

– Para que inocentes não se machuquem.

– Acho que nunca pensei nisso nesses termos. – Recuou e avaliou seu trabalho. – Outro lado. E fique bem parado. Estou chegando perto da pele. Bem que eu queria que tivéssemos creme de barbear para facilitar.

– Tem água corrente naquela pia. E uma barra de sabonete. Ou pelo menos havia quando saí daqui depois de construir este lugar.

Ela abaixou a lâmina.

– Você fez tudo isto?

Duran olhou ao redor.

– Fazia parte do meu grande esquema, e agora é apenas uma lembrança de planos bem elaborados que não deram certo. Minha *mahmen* costumava me ajudar a dar umas escapadas dos nossos aposentos. Toda vez que ela criava alguma distração e eu entrava nos dutos de ventilação, sabia que ela esperava que eu fugisse e nunca mais voltasse. Minha ideia era tirá-la de lá, deixá-la aqui e retornar depois que tivesse matado meu pai. Não foi bem assim que tudo aconteceu.

Franziu o cenho e se concentrou melhor em Ahmare.

– Sabe... Nunca imaginei que contaria isso a alguém.

– Porque é algo particular?

Duran desviou o olhar.

– Algo assim.

Na verdade, ele imaginara que a única pessoa com quem se abriria seria sua *mahmen* quando se reunissem no Fade – depois que ele encontrasse um modo de morrer sem cometer suicídio após ter matado o pai.

Aquele teria sido a última cartada, a brecha naquela coisa toda de "se você se matar, não pode entrar no Fade".

Em retrospecto, talvez isso de vida após a morte fosse como a crença do pai de que não poderia continuar vivendo caso matasse o filho. Talvez fosse apenas uma superstição. Mas enfim, considerando-se o que ele passara em sua existência mortal – e isso antes mesmo de Chalen ter posto as garras nele –, desistir da vida mortal na terra por uma eternidade com a única pessoa que ele amara parecia algo já decidido.

Mas agora... ao fitar nos olhos dessa fêmea, Duran conseguia sentir que poderia pender para outro lado.

Ahmare meio que fazia com que ele quisesse ficar por ali mais um tempinho.

Mesmo isso parecendo loucura.

CAPÍTULO 14

O sabonete e a água foram um presente dos deuses, Ahmare pensou. Sem eles, teria transformado o rosto de Duran numa máscara de Halloween.

– Ok. Acho que terminamos.

Afastou-se – e não conseguiu desviar os olhos daquilo que lhe foi revelado. Durante o barbear, estivera tão atenta em não cortá-lo que não percebera como era seu rosto. Agora, sem a barba crescida, era como se o visse pela primeira vez.

Ele tinha covinhas nas bochechas e a linha do maxilar era muito forte. Os olhos, que antes pareceram calculistas e agressivos, pareciam desconfiados agora.

Os lábios eram ainda melhores do que imaginara.

– Ruim assim, é? – ele murmurou ao deixar a bacia de água com sabão e o pano que ela usara de lado.

Ahmare quis lhe responder que, muito pelo contrário, ele era muito atraente. Bastante atraente. Lindo, descrevendo numa única palavra. Mas era melhor deixar algumas coisas não explícitas.

Melhor ainda se não tivessem sido pensadas.

– Pode cortar meus cabelos também? – ele pediu.

– Deus, não. Os cabelos não.

– Não tenho piolho, sabe?

Dito isso, ele cruzou os braços e coçou o lado externo do braço oposto. Devia ser picada de mosquito. Ela também fora picada, mas pelo menos sabia que não teria nenhum carrapato. Depois do trajeto rústico pelo meio da floresta, se fossem humanos, estariam cobertos pelos transmissores da doença de Lyme, mas sangue de vampiros ganhava fácil de repelente de insetos no que se referia a essa variedade em especial de sugadores de sangue, uma cortesia profissional estendida em ambas as direções que infelizmente não se aplicava aos mosquitos.

– O seu cabelo... – Ela enxugou a boca sem motivo aparente. – Bem... ele é bonito demais para ser cortado.

Merda. Acabara de partilhar aquilo que "Não Deveria Ser Dito"?

Isso mesmo, a julgar pela expressão surpresa dele, dissera isso mesmo.

Duran *era* lindo como um todo, ainda que de uma maneira que apenas um sobrevivente conseguia ser. Sobrevivera a tanta crueldade, o mapa de cicatrizes marcadas com sal na pele era o tipo de coisa que lhe revelava muito do que lhe fora infligido. E o fato de ele, de alguma forma, ter sido forte o bastante para suportar tudo isso e não ressurgir do outro lado insano, maligno ou vegetativo significava que era mais forte do que qualquer um que ela conhecera.

Deus, aqueles humanos nas academias – levantando pesos, preocupando-se com proteínas e posando diante de uma legião de fãs que existiam apenas em suas mentes – eram apenas imagens de força geradas por computador, se comparados a este macho.

E, no entanto, por mais forte que o interior de Duran fosse – e Ahmare não se referia ao seu abdômen –, lá estava ele sentado diante dela, fitando-a com uma timidez que sugeria, por mais louco que isso parecesse, que se preocupava com o que ela pensava da sua aparência.

Que sua opinião importava.

Que desejava que a fêmea gostasse dele. Que se sentisse atraída por ele. Ficasse um tantinho cativada, apesar da situação insana em que se encontravam.

– Eu estou – ela sussurrou.

– Está... o quê?

– Atraída por você. – Pigarreou. – É isso o que está se perguntando, não é?

Os olhos dele se desviaram tão rápido que Duran teve de se segurar na beirada do catre.

– Como soube?

– Está tudo bem.

– Não, não está.

– Bem, não finja que não lhe dei a resposta que você queria. – Ela não fazia ideia de onde vinha aquela coragem. Provavelmente era porque não tinha nada a perder. – Estou feliz, na verdade.

– Você não parece mesquinha o bastante para se preocupar com a aparência do seu ajudante.

– Só é bom saber que ainda consigo me sentir assim. – Quando o olhar voltou, ela só deu de ombros. – Faz uma eternidade. Pensei... Bem, acho que pensei que sexo não faria mais parte da minha vida. Que os ataques e a perda dos meus pais e da minha vida anterior tivessem arrancado esse lado de mim. É bom saber que isso não é verdade...

– Não é certo.

Ela recuou um passo e pigarreou.

– Desculpe. Acho que interpretei mal a situação.

– Não, não é isso. – Ele balançou a cabeça. – É só uma complicação que não vai ajudar em nada nem a você nem a mim.

– Concordo. Mas não espero nada de você, sabe?

Duran se afastou dela, plantando as solas das botas no piso metálico. E, quando se levantou, moveu-se devagar, algo que ela deduziu ter sido por conta das dores do corpo. Mas, então...

Havia um monte firme bem na parte da frente do quadril dele. Um volume grosso e duro que distendia o zíper das calças de combate.

– Peço desculpas – ele disse rouco. – Não posso fazer nada a não ser prometer que não vou fazer nada. Eu disse que não a machucaria e falei sério.

Como se sexo com ele não pudesse ser nada além de doloroso para ela. Como se ele fosse sujo.

Ahmare pensou no tempo em que teriam no *bunker*, nas horas que passariam juntos e presos naquele lugar de aço inoxidável que os protegia do sol.

Era um mistério quem uma pessoa desejava. E apenas algumas vezes isso fazia sentido.

– O cabelo pode esperar – ele resmungou. – Vamos tentar dormir um pouco. Como já disse, você fica com o catre, eu fico com o chão. Não que haja muita diferença entre eles.

Capítulo 15

O crepúsculo é um universo criado pelo homem.

Duran bancou Deus no mundo de aço deles, diminuindo a claridade da luz, o brilho em todo aquele metal, um crepúsculo fingido. Na quase escuridão, ele se sentou no chão, do lado oposto do leito em que Ahmare ficou, de costas para a parede, as pernas esticadas diante do corpo. E tentou não ouvir a respiração dela. Sentir a essência dela. Ouvir o raspar quando Ahmare despiu a jaqueta para usá-la como travesseiro.

Deveria ter pensado em trazer uma coberta para ela.

À medida que o tempo começou a se arrastar e o silêncio se espessou em proporções inimagináveis, a ausência de iluminação amplificou seus sentidos e sua percepção dela. Mas não tinha certeza se isso não teria acontecido de um jeito ou de outro.

Mais barulhos de tecido e, graças à sua visão periférica, sabia que a fêmea estava de frente para ele agora. Não confiava em si mesmo para fitá-la diretamente. Se fizesse isso, poderia ficar tentado a se levantar, se aproximar e lhe dar algo macio no qual se deitar.

Algo nu no qual se deitar.

– Como conseguiu o nome Duran? – Ahmare perguntou.

Ele fechou os olhos e saboreou seu nome nos lábios dela. Fez com que se sentisse abençoado de algum modo... sagrado.

Ok, isso era loucura. Mas o problema era que, nesse espaço tranquilo e escuro, suas emoções em relação a essa fêmea eram tão amplas quanto seus sentidos, e tudo sobre esse período com ela era como um horizonte, um céu imenso sob o qual ele poderia viajar, livre de tempo ruim e protegido de todo e qualquer perigo, de volta a um lar que nunca tivera.

De volta a Ahmare, apesar de ela não ser nem um destino tampouco um lugar em que já estivera antes.

Era tudo ilusão, disse a si mesmo, criada pela química entre eles. Só que... às vezes, quando se sente coisas de modo tão profundo, a força das ilusões é tão grande que a realidade pode ser reprogramada, pelo menos por um tempo. Ele sabia disso pelo que vira no culto. Testemunhara em primeira mão o que a devoção provocava nas pessoas, observou-a transformar um corrupto mortal num salvador aos olhos das almas perdidas que se dispunham a entregar cada parte de si para outrem.

Sempre jurara que tal coisa jamais aconteceria com ele.

– Não é importante – ele murmurou, respondendo à pergunta sobre seu nome.

– Veio do seu pai, então?

– Sim, ele insistia para que as pessoas me chamassem assim.

Ahmare franzia o cenho, ele concluiu sem olhar para ela. Sentia-a refletindo sobre isso.

– Posso perguntar uma coisa? – disse ela.

– Acabou de perguntar.

– Quem é o seu pai, exatamente?

– Não importa...

– Ele é *Dhavos*, não é?

Duran esticou os braços acima da cabeça e estalou as costas. Em qualquer outra situação, ele teria evitado a pergunta – nem que fosse saindo de perto, se tivesse de fazer isso. Mas não havia essa possibilidade.

– Sim – respondeu depois de um tempo. – É ele. Seu nome é Excalduran.

Quando ela exalou, o ar saindo longa e lentamente foi um "sinto muito" que ele apreciou não ter sido colocado em palavras.

— Devem ser umas oito da manhã – ela murmurou.

Duran franziu o cenho.

— Mesmo?

— Sabe – ela continuou. — Estive mentindo para mim mesma. Na minha cabeça, fiquei me dizendo que ficaríamos aqui umas doze horas. É só o que me dispus a dar às horas do dia. Mas estamos no verão. Acho que serão umas quinze horas. Pelo menos.

— Vai passar rápido.

Já estava. E, Deus, como ficou feliz por Ahmare ter mudado de assunto.

Ela voltou a mudar de posição.

— Na verdade, o tempo vai passar na mesma velocidade de sempre. A duração dos minutos não muda, nem a quantidade deles necessária para formar uma hora. Mas, puxa... parece uma eternidade.

— Isso é verdade.

Ele não sabia que diabos estava dizendo. O som da voz dela era uma carícia em seu corpo, e Duran começava a engrossar de novo. A enrijecer novamente. Para alguém que nunca teve de se preocupar com esse tipo de coisa, ele vinha tendo uma percepção renovada sobre as inconveniências do sexo masculino.

— O seu cheiro mudou – ela disse em voz baixa.

Duran fechou os olhos e bateu a parte de trás da cabeça na parede.

— Sinto muito.

— Não se desculpe.

— Deveríamos dormir. – Grande sugestão. Isso mesmo. – Seria...

— Não sou virgem.

A boca dele se abriu. E depois ele considerou a ideia dela com outro macho, qualquer outro macho. Conforme o ciúme aquecia seu sangue sem nenhum bom motivo, ele redirecionou os pensamentos para os guardas de Chalen.

— Nem eu – disse, sério.

– Já teve uma companheira? Você tem uma *shellan*?

– Não.

– Que bom. Assim não tenho que me sentir culpada. Também sou solteira, a propósito. Antes dos ataques, houve um ou outro macho, mas nada sério. Não apresentei ninguém aos meus pais.

Duran levou as mãos ao rosto e esfregou-o.

– É triste – ela continuou – que eles nunca conhecerão qualquer filho que eu venha a ter. Qualquer *hellren* que eu venha a ter.

– Fico feliz.

– Como que é? – ela disse com brusquidão.

– Não, não. – Abaixou as mãos. – Não foi isso o que eu quis dizer. Estou feliz que você pense em uma vida depois disto. Que a sua vida vai continuar. É bom se concentrar num futuro feliz.

– Eu não iria tão longe assim – ela disse.

Ainda assim você está bem à minha frente, ele pensou.

Era por isso que Duran não diminuía a distância entre eles. Não importava o quanto Ahmare parecesse disposta e o quanto ele a desejasse, não faria nada de propósito com ela como fizera com Nexi sem querer.

Um objetivo. Ele tinha um objetivo. Depois do qual, como um pavio depois de executar o trabalho de acionar uma bomba, ele deixaria de existir.

Literalmente.

CAPÍTULO 16

Ahmare falara a sério no que se referia à passagem do tempo. Era verdade que segundos, minutos e horas eram básicos, imutáveis a despeito da sua percepção. Mas, maldição, nesse *bunker* silencioso e escurecido, protegido pelas terras que cercavam a montanha, ela e o prisioneiro tinham tocado o infinito.

Duran, melhor dizendo.

Ela e *Duran* entraram numa estranha espécie de para sempre, tão certo quanto se o tempo fosse uma lagoa serena e controlada, calibrada com perfeição com a temperatura dos seus corpos e absoluta e completamente imóvel, de modo que não tinham ciência de todos os passos abafados que deram até a submersão. Na verdade, a ilusão do infinito era tão absoluta que mesmo a realidade do irmão deixara de ter tanta urgência. Não que tivesse se esquecido da situação de Ahlan; era mais como se a premência que a motivara se desgastara sozinha na corrida de sua reação de "lute-ou--fuja" e descansava num banquinho ao lado, tomando goles de água e arfando no preparo para a etapa seguinte.

Seu pânico retornaria no segundo em que estivesse escuro e seguro do lado de fora.

Em seu lugar, uma necessidade diferente a consumia.

Do outro lado, o corpo de Duran dava todo tipo de sinais de excitação: o aroma almiscarado para começar. E também seu corpo se movia bastante, as botas guinchavam quando cruzava e descruzava as pernas, a garganta pigarreava, os ombros rangiam quando ele se espreguiçava. E de novo... Uma vez mais...

Ela conhecia muito bem o tipo de formigamento que percorria a pele dele por baixo. Aquele arrepio na coluna. A onda de calor na veia que fluía, mas não se dissipava.

Tivera esperanças de que o macho desse o primeiro passo em reação a essa atração física que sentiam, e isso era sinal de covardia. Uma desculpa esfarrapada, como se ela não tivesse de ser responsável pelas próprias escolhas caso ele diminuísse a distância e a beijasse primeiro. Como se, caso acontecesse desse modo, Ahmare não tivesse de se sentir culpada por estar se divertindo com um estranho enquanto o irmão sofria.

Fechando os olhos, cruzou os braços diante do peito e resolveu deixar pra lá e dormir.

Dois segundos mais tarde, estava se sentando. Apoiando o peso nos pés. Indo até ele.

Sendo aquela que fazia o caminho ao longo do espaço vazio, mas de súbito atravancado entre os dois. E assim como o tempo era distorcido, a distância também o era – quilômetros... ela avançou quilômetros ao transpor os poucos metros que os separavam.

Duran praguejou baixinho quando ela parou diante dele.

– Você pode me dizer não – ela disse –, mas não vou me desculpar.

– Não sei o que essa palavra significa agora.

– Qual?

– A que importa.

Abaixando-se, ela galgou por cima das pernas esticadas do macho, ficando de joelhos. As mãos subiram para a camisa dele, encontrado o tecido macio, pressionando o peito duro debaixo dela. Quando se inclinou para a frente, virou a cabeça para um lado e hesitou.

Ele parecia congelado. Incapaz de reagir. Chocado, como se não soubesse o que esperar. Mas não a afastava. Longe disso. Todo aquele perfume almiscarado era um rugido em suas narinas agora, uma fragrância erótica densa que a enfeitiçou ainda mais.

Quando os lábios dele se entreabriram, ele engoliu em seco.

– Por favor... – ele sussurrou. – Vá em frente.

Ahmare abaixou a boca para a dele. Pelo nível de excitação de Duran, ela pensou que ele a agarraria pela nuca e iria fundo com o beijo. Em vez disso, ele fechou os olhos quando ela o acariciou com os lábios, e, debaixo da sua boca, os dele estremeceram – até Ahmare capturá-los em sua totalidade. Em seguida ele reagiu, espelhando seus movimentos, as carícias, os afagos, o manejo.

Quando ela o penetrou com a língua, ele arquejou. Gemeu. Moveu os quadris.

Debaixo dela, o corpo de Duran estava elétrico, as palmas se apoiavam no chão, os braços tremiam enquanto se segurava no lugar, os músculos das pernas se contraíam numa série de espasmos. Ela apreciou o comedimento, de verdade.

Significava que ele a respeitava à moda antiga.

Mas não era isso o que ela queria.

Interrompendo o beijo, Ahmare se sentou nos joelhos dele e entendeu que teria de fazer algo para ele entrar em ação. O beijo foi gostoso, o beijo foi maravilhoso, mas o prelúdio não era o objetivo daquilo, e ele parecia relutante em ser aquele que daria o passo seguinte.

Tirando a barra da blusa de dentro da cintura da calça, ela teve um pensamento tolo de como foi que a Under Armour conseguira produzir aquele tipo de blusa fina e de mangas compridas capaz de "deixar respirar" ao mesmo tempo em que "mantinha fresco enquanto protegia" durante exercícios. Bons atributos se você está na academia ou correndo.

Totalmente irrelevantes nesta situação de tesão incomensurável.

Mais que irrelevante.

Um empecilho.

Os olhos de Duran queimavam quando ela agarrou a malha, e ele respirava forte como se segurasse um carro em cada mão enquanto fazia exercícios para os bíceps. O que ela estava para lhe mostrar, considerando-se sua total atenção, era o tipo de coisa de que ele precisava ver mais até do que precisava de oxigênio.

Interessante como um macho pode lhe dizer o quanto você é bela sem pronunciar palavra alguma.

Ahmare foi levantando a blusa devagar, não porque quisesse retardar tudo artificialmente ou por estar em dúvida. Ela queria saborear o momento da revelação.

Só que se esquecera por completo do sutiã esportivo que usava por baixo.

Quando tirou a blusa e a lançou longe, não se intimidou, queria mostrar-lhe os seios. Em vez disso, olá, Champion.

Duran não pareceu notar. Percorreu as alças e o bojo justo com olhos ardentes, como se imaginasse a pele por baixo.

– Tire-o de mim – ela disse rouca.

Mais tremores do lado do macho, mas ele não desobedeceu ao comando. Enganchando os polegares na parte inferior, puxou o nylon apertado para cima...

Os seios se libertaram, saltando, os mamilos rijos e sensíveis graças ao resvalar forte do tecido.

Duran não foi além disso. Ele se reteve na remoção e o top esportivo ficou embolado debaixo das axilas, os seios comprimidos por cima, mais fartos embaixo. Sentando-se, ele encostou a boca nela, sugando um dos mamilos, envolvendo-o com a língua quente e úmida.

A cabeça de Ahmare pendeu para trás, e ele lhe segurou o tronco com um braço forte. Avançando na direção de todo aquele cabelo comprido dele, ela gemeu por conta dos puxões suaves, os deslizes e as retomadas, a mudança para o outro seio. E, apesar de o contato se restringir a apenas um lugar, Ahmare o sentia em toda parte, em toda a sua pele e pelo corpo inteiro.

Em particular entre as pernas.

De volta aos beijos, a posição foi invertida. Ele os moveu, segurando-a como se ela não pesasse nada, deitando-a de costas contra o piso duro que até poderia ser um colchão fofo, caso Ahmare estivesse prestando atenção. Quando Duran se deitou por cima, um torpor estranho e hipersensível se apossou da fêmea, e ela o acolheu assim como acolheu o corpo dele, agora nivelado com o seu; as roupas, de ambos, eram uma total frustração.

Ahmare logo resolveu o problema.

Tirando por completo o sutiã, ela se precipitou sobre os botões da camisa dele. Os dedos estavam atrapalhados ao descer pela fileira, descobrindo a pele suave e os músculos rijos, e um calor vulcânico por baixo.

As calças deveriam ser o tópico seguinte dos dois lados, mas ela se deteve onde estava por um instante, como alguém que escala uma montanha apreciando a vista parcial que não deveria ser desperdiçada, ainda que o topo fosse o objetivo a ser alcançado. Ele era tão diferente dela, os músculos proeminentes, os ossos largos eram algo que a fazia se sentir feminina, ainda mais quando os mamilos se encontraram com o tronco dele.

A sua parte independente, aquela determinada e forte que entrara no castelo de Chalen sem armas, carregando a cabeça decepada de um homem, se rebelava contra a ideia de que, em algum lugar dentro dela, havia uma fêmea não evoluída querendo que um macho a perseguisse e a alcançasse e a prendesse enquanto a penetrava e a mordia com força no pescoço. Enquanto a marcava como sua. Enquanto estabelecia o domínio que ela tanto ansiava. Enquanto deixava sua essência em toda ela.

Dentro dela.

Sim, isso mesmo, seu lado moderno podia ficar muito bem sem essas palhaçadas de machão. Mas o que acontecia entre eles agora não era moderno, era algo ancestral. Era tão antigo quanto a própria espécie. Era a base da existência mortal, a porta para a imortalidade através da criação da geração seguinte.

Afastando as pernas, ela o atraiu ainda mais para junto de si, e Duran chegou sem hesitar, o corpo abrindo espaço entre as pernas dela, a coluna do sexo duro empurrando seu centro por cima das calças. Quando ele começou a rolar e recuar, afagando a ambos, as mãos, grandes e calejadas, percorreram os seios, aprendendo seu contorno, acariciando. Beijando-se profundamente, moveram-se juntos, encontrando um ritmo, um ensaio para a penetração nua que logo viria.

Quando Ahmare desceu a mão entre eles, Duran ergueu o quadril para criar o espaço de que ela precisava para alcançar o zíper dele, o dela. O despir, ineficiente e enlouquecedor, veio em seguida enquanto tentavam continuar se beijando, enquanto chutavam tudo abaixo da cintura.

Ele não tinha roupa íntima. A dela não era grande coisa.

E logo estavam completamente nus.

Duran era magnífico pele contra pele. E havia tantos lugares aonde ir com as mãos e a boca...

Mas isso viria depois. Primeiro, a união essencial. Depois a exploração.

CAPÍTULO 17

Duran nunca pensou que pudesse existir algo mais visceral, mais profundo... mais importante que sua vingança. Tudo o mais que já vivenciara estivera na categoria de distrações descartáveis, os cheiros, as coisas vistas, os pensamentos ou sentimentos foram como centavos perdidos nos bolsos, nada valioso o bastante para fazê-lo parar e recuperar o que perdera ou ignorara.

Isto, todavia... Isto o consumia mais do que a sua vingança.

O gosto de Ahmare, a sensação de pele contra pele, ouvi-la prender a respiração para depois a expelir num suspiro... Tudo isso foi, pela primeira vez desde que tivera ciência da crueldade do pai e do sofrimento de sua *mahmen*, uma submersão de sentidos e sensações tão completa que outra necessidade assumiu o volante de seu propósito e de suas intenções, determinando um curso contra o qual ele não se oporia.

Inferno, tudo o que ele mais desejava era pisar no acelerador.

Agora era o momento.

Quando Ahmare inclinou a pelve e ele sentiu o primeiro resvalo da ereção contra o centro quente dela, soube que não havia volta.

De fato, era provável que isso fosse verdade no instante em que sentira a presença da fêmea do lado oposto da cascata na cela.

Algumas reações eram inevitáveis.

Alguns saltos eram dados antes mesmo de você saber que está à beira de um precipício.

Algumas canções atraem você muito magicamente.

Só que agora ele se atrapalhava. Tudo o que os levara até ali fora tão suave, como se tivesse feito aquilo um milhão de vezes antes, apesar de ser a sua primeira no que contava de verdade e, é claro, algo novo para ela. Mas agora ele arremetia ao redor, a cabeça do pau inchando a cada equivocado "quase lá", as meias investidas dos quadris, o tipo de navegação cega que o levaria aonde precisavam apenas por meio de um golpe de sorte.

Trocadilho intencional.

Ahmare resolveu o problema cada vez mais urgente levando a mão entre os corpos, assim como fizera para descer os zíperes de ambos. Ele arquejou quando a mão dela o tocou, uma descarga de eletricidade tão grande que viu estrelas e pensou, horrorizado, que havia chegado ao orgasmo. Mas não. Quando a surpresa diminuiu, ele ainda estava duro e não fizera nenhuma lambança em cima dela...

Seu corpo sabia o que fazer.

Assim que Ahmare fez a conexão, algo assumiu o comando, os seus quadris se movendo para a frente, conduzindo-o para dentro do controle íntimo dela. Teve a ligeira impressão de algo raspando em seu ombro, eram as unhas dela cravando-lhe a pele enquanto ela pendia a cabeça para trás, arqueando-se contra seu tronco num gemido. Amparando-lhe a parte de trás da cabeça em sua palma para não desacordá-la, teve toda intenção de ir devagar – e não conseguiu fazer nada disso.

Bombeando contra a base dos quadris dela, seguiu golpeando-a, os lábios liberando as presas expostas, a necessidade de mordê-la não era premente por dois motivos: primeiro, não pedira e ela não oferecera, mas também porque teria de desacelerar, talvez parar.

E isso seria impossível.

A cada penetração e cada recuo, ele avolumava o clímax e ela o acompanhava de perto, seguindo seu ritmo, espelhando sua vontade de muito mais, mais rápido, mais firme, *mais*. Ao longe, vindo para ele na velocidade da luz, havia um ponto terminal de prazer e, nos recessos de sua mente, lembrou-se da corrida para fora do castelo de Chalen até o carro, da ilusão de ótica pela qual acreditou que o veículo vinha na direção dele e não o contrário...

A invasão da realidade ameaçou trazê-lo de volta à terra, como uma estaca sendo cravada no peito e se enterrando na terra abaixo, e Duran perdeu o passo na dança com Ahmare, o cérebro fazendo-o tropeçar, sair do ritmo.

Mas não deveria ter se preocupado.

Tudo o que precisou fazer foi fitá-la nos olhos, nos lindos e reluzentes olhos, para se reconectar ao momento.

Ela gozou quando seus olhares se encontraram, e foi tão incrível que dessa vez ele desacelerou porque saboreava a experiência, não por ter perdido a conexão. À medida que o prazer chegava para ela, o rosto se contorceu e o corpo enrijeceu ao redor da ereção, e ele sentiu a pegada deliciosa apertando e relaxando...

– Duran... ah, Deus, *Duran*.

Ninguém nunca pronunciara seu nome daquela maneira. E ele se viu enfeitiçado pelo modo como Ahmare arquejou e se agarrou a ele, com a respiração presa nos pulmões. Ela estava no paraíso, e Duran soube que a colocara lá, e isso era, até mais do que o seu corpo sentia, a melhor parte daquela experiência.

E ele também não tinha intenção de parar.

Quando rolou os quadris e atiçou-a por dentro, ela repetiu seu nome e levantou as mãos para seus ombros, meias-luas marcando-o com doçura e fazendo-o sorrir porque ele queria que ela arrancasse seu sangue. Queria que o usasse para seu próprio prazer pelo resto da vida, tomando tudo o que ele tinha para dar, aceitando todas as suas partes.

E, conforme ele continuou se movendo, ela continuou tendo orgasmos. Concentrou-se por completo no que estava dando certo para ela. O que a fazia gemer. Como se aprofundar ainda mais ao segurar o dorso de um dos joelhos e erguer a perna dela.

Não sabia o que lhe dera essa ideia, mas foi um golpe de mestre a julgar pelo modo como ela reagia.

Duran soube que Ahmare havia terminado de vez porque a tensão a deixou por completo, e as mãos escorregaram, caindo no chão.

Ele parou. E sorriu ante a exaustão dela, por mais pacífica que fosse.

Só que então ela disse:

— E você?

Duran franziu o cenho quando ela focou o olhar vidrado nele.

— Também temos que cuidar de você — insistiu, as palavras pronunciadas juntas, como se ela não tivesse forças para diferenciar as sílabas.

Quando ainda assim ele não respondeu, a fêmea levantou a mão para afagá-lo no rosto, depois ergueu a cabeça e pressionou os lábios nos dele. Quando a boca grudou na de Duran, e depois a língua o lambeu por dentro, suas próprias necessidades se reacenderam e ele percebeu que a fêmea tinha razão. Ele não atingira o orgasmo. Ainda estava duro como pedra dentro dela.

— Goza pra mim — Ahmare disse junto à boca dele.

E daí se moveu contra ele, recriando a fricção que fora o início de tudo aquilo. Fechando os olhos, ele se concentrou em estar dentro dela, em tudo o que era escorregadio e justo, na sensação do calor contra o calor.

Mais rápido. Mais firme.

Rápido...

... firme.

O clímax a que ela chegara se recusava a aparecer para ele, qualquer orgasmo possível entalado no seu caminho até ele, as sensações chegando à beira do ponto de explosão... mas sem avançar, como se houvesse uma barricada. Ou mais parecia um posto de controle com um guarda armado.

O suor brotou em sua testa, e ele enxugou o que lhe queimava os olhos. Concentrando-se no ponto em que a ereção estava e o que ela fazia e com quem, Duran exigiu ser capturado pelo momento. De outro modo, ele se preocupava, ela acabaria se sentindo insultada por algo que ele não conseguia controlar.

Tentou outra posição, um ritmo diverso. Apertou bem os olhos. Abriu-os e a fitou.

No fim, ele parou, apoiou um braço para se sustentar acima dela. Arfava ao ponto da exaustão, não da paixão, e tentou recuperar o fôlego.

– Está tudo bem – ela disse ao deslizar uma mão pelas costas quentes dele. – É só relaxar.

Fechando os olhos, fez mais uma tentativa, certo que dessa vez seria diferente. Dessa vez, ele seria normal e faria o que era normal, e depois se abraçariam e provavelmente teriam mais duas ou três sessões antes de o sol se pôr e eles voltarem à realidade. Dentes cerrados, quadris se movendo, enterrou a parte inferior do corpo como se isso fosse cuidar do assunto. Como se ele pudesse forçar o orgasmo a sair de dentro de si, como se fosse uma cura para uma constipação coital.

Todas essas tentativas pareceram assustar o seu objetivo.

Não. Deu.

Duran levantou as pálpebras, pronto para gritar de frustração. Não poderia seguir com aquilo para sempre; acabaria machucando-a e terminaria com um deslocamento de coluna.

Talvez pudesse fingir. Só que ela perceberia e isso seria ainda pior...

A solução se apresentou quando seus olhos se desviaram e aterrissaram num objeto meio caído das calças dela.

Quando pegou o gatilho da sua coleira, era como se agarrasse um colete salva-vidas.

– Ajude-me – ele disse. Implorou, para falar a verdade.

Ahmare ficou confusa – e depois horrorizada quando ele depositou a caixa preta na palma dela.

– O quê? Não, não vou machu...

Antes que ela conseguisse argumentar, ele mesmo pressionou o botão...

A descarga elétrica que o atravessou foi tão potente e repentina que ele mordeu o interior da boca, sentindo gosto de sangue enquanto o corpo enrijecia pelo choque. Mas, maldição, a dor que acendeu seu esquele-to, trafegando coluna abaixo e se espalhando por todos os dedos dos pés e das mãos, abriu as portas do clímax. Como um rebanho estourando num campo, seu orgasmo explodiu para fora dele, a ereção se projetan-do dentro de Ahmare.

Perdendo-se nas sensações de prazer e de dor, ele explodiu em pedaços, apesar de continuar inteiro, o cérebro ficou incapaz de processar qualquer coisa além do fato do que infligiu a si mesmo.

Quando, por fim, ficou imóvel, com a cabeça pendendo sobre o ombro dela, a respiração saindo forçada pela boca aberta que sangrava, Duran soube, sem sombra de dúvida... que tomara a decisão errada.

Ahmare estava imóvel debaixo dele, horrorizada.

Os meios não justificaram os fins, por maior que o orgasmo tivesse sido, e ele sentiu o retraimento da fêmea mesmo enquanto ela ficava deitada debaixo do seu corpo cansado e trêmulo.

Ele não a culpava.

CAPÍTULO 18

Quando a noite chegou por fim, sem pressa alguma, mas pontual, Ahmare estava vestida e pronta para ir, parada diante da saída, com as armas guardadas nos coldres em todo o corpo, os cabelos presos com um elástico e as botas amarradas e preparadas para cobrir qualquer distância.

Atrás dela, do outro lado da divisória que separava o vaso sanitário, Duran esvaziava a bexiga, algo que Ahmare acabara de fazer.

Estranho sentir que invadia um momento privado dele, visto que não enxergava nada atrás da divisória e, convenhamos, tinham feito sexo.

Fechou os olhos e tentou não pensar em como aquilo terminara. Como afastaram os corpos constrangidos e depois se deitaram lado a lado no piso duro e frio, que antes parecera tão perfeito, sem emendas, e agora estava marcado por joelhos e costelas, cotovelos e canelas.

Você está bem?

Sim. Você?

Não lembrava quem perguntara e quem respondera. Mas lembrava-se de ter voltado para o catre e ele para seu lugar no chão do lado oposto, as roupas recolocadas às presas, uma fita corretiva usada para cuidar de um erro de datilografia.

Mas que erro? Não o sexo. Não se arrependia de nada disso.

Você está bem?

Sim. Você?

Quem perguntara primeiro? Talvez tivesse sido simultâneo, quanto às respostas, estariam os dois mentindo? Ela, sim – pois não estivera bem e ainda não estava –, mas a última coisa que queria dele era que se sentisse compelido a cuidar dela.

Pois estava mais do que na cara que era ele quem precisava ser cuidado.

Talvez Duran estivesse certo. Talvez ela fosse uma cuidadora em seu cerne e, por isso, a ideia de que ele teve de se infligir mal para chegar ao orgasmo doía em seu coração.

Ou quem sabe sua compaixão tivesse menos a ver com quem ela era e mais com o que sentia por ele. De alguma forma, nos momentos pacatos passados no *bunker*, Ahmare passara a se ligar a Duran, uma prova incontestável de que os laços emocionais podiam se estreitar de duas maneiras: tempo passado juntos ou intensidade da experiência. E ninguém podia discutir que estavam no segundo grupo da construção de um relacionamento.

– Tudo pronto?

Quando Duran falou logo atrás, Ahmare se assustou – como se ele pudesse ler sua mente e soubesse o que estava pensando. Cobrindo seu rastro, ela se virou devagar e ficou de frente para ele, como se não tivesse nada a esconder, o fato, por exemplo, de como se preocupava com ele. Assim como perguntas tristes e melancólicas sobre o que aqueles guardas podem ter lhe feito…

Ah, ao diabo com isso, Ahmare *sabia* o que lhe fora feito. Ele lhe dissera não ser virgem, e ela temia que isso fosse apenas uma meia verdade. Era óbvio que a surpresa e o espanto demonstrados quando a penetrara aconteceram porque, pelo menos dessa maneira, fora a primeira vez dele.

Você está bem?

Sim. Você?

Quando seus olhos se encontraram, tudo em Duran estava distante, a expressão, o olhar, até mesmo o corpo imenso que, de alguma forma, parecia contido em si mesmo. Ele cortara os cabelos – os lindos e brilhantes cabelos – numa série de golpes da sua faca de caça, e ela teve de ignorar que os fios compridos jaziam no chão como se fossem lixo. Como se não fossem importantes. Como se não tivessem sido uma parte dele, crescido dele e, agora, estavam arruinados.

Mas, em retrospecto, as circunstâncias nas quais eles...

– Você está pronta? – ele perguntou de novo.

Ela pigarreou.

– Sim, estou.

Duran assentiu e digitou a senha no painel. Houve um sibilo e o nariz de Ahmare tiniu quando os cheiros da caverna, de terra úmida e de mofo antigo, entraram como se quisessem ter entrado junto com eles e agora conquistassem um território novo e previamente negado.

Ahmare foi na frente sem esperar por algum plano da parte dele. Só precisava de um pouco de ar fresco, e quase chegou até a parte apertada junto à saída da caverna. Antes que conseguisse sair, porém, Duran a segurou pelo ombro, abaixando a mão no segundo em que ela parou.

– Preciso ir na frente – ele sussurrou. – Se for morta porque os guardas de Chalen esperam por nós, ou porque *Dhavos* sabe que estamos aqui, ninguém vai salvar o seu irmão.

– E, se você for morto, não faço a mínima ideia de onde devo ir.

– Vou na frente. Espere pelo meu sinal.

Quando passou por ela e saiu na noite úmida, Ahmare foi logo atrás, com uma pistola na mão e a faca na outra. A caixa com o gatilho, que agora odiava, estava presa à cintura. Pensara em deixá-la para trás porque não estava mais preocupada com a possibilidade de Duran se rebelar contra ela. Ainda assim, ele poderia fugir ou ao menos tentar, mas Ahmare não queria pensar em derrubá-lo no chão só para mantê-lo com ela.

Duran parou e a encarou bravo.

– Mas que diabos você está fazendo?

Mesmo falando baixinho, a expressão dele tornava as palavras bem audíveis.

– Não vou ficar para trás.

Ele apontou por cima do ombro dela.

– Volte para lá.

– Não. – Ela enfrentou o olhar bravo. – E, só pra você saber, não sou nenhuma criancinha para receber ordens, por isso pode parar com essa sua atitude.

– Você acha que eu vou te abandonar.

– Não, não acho.

– Está mentindo. E eu te dei a minha palavra.

Você disse que não me machucaria, ela pensou. *Não é a mesma coisa.*

– Preciso de você – ela disse. – Essa é a minha realidade. Quer falar de confiança? Então me diga para onde vamos...

De repente, os dois ergueram o olhar para o flanco da montanha ao mesmo tempo. Os cheiros de três machos ficaram evidentes na brisa que descia.

O prisioneiro a pegou pelo braço com firmeza e a empurrou para trás de uma cicuta.

– Mantenha o seu traseiro atrás desse tronco e deixe que eu cuido disso.

– Não. – Ela o encarou. – Sou ótima atiradora. Você precisa de mim mesmo que o seu ego diga que não, e me poupe dessa asneira de macho.

A tensão estalou entre eles, piorada por haver tanto não dito.

– *Não* vou discutir isso – ele pronunciou.

– Que bom. Quanto menos falarmos, melhor.

Era evidente que ele queria dizer outra coisa, que não haveria discussão porque ele estava certo e fim de papo. Mas surpresa! Liberdade de escolha para as fêmeas também...

– Espere – ela disse ao se concentrar nas árvores adiante. – Estão mudando de posição.

Duran se calou, estreitando os olhos, apesar de serem as narinas, como as dela, que faziam todo o trabalho.

E era isso mesmo, os cheiros deles vinham de um ângulo diferente, e não porque ela e Duran tivessem se colocado atrás da cicuta.

– Você disse que Chalen tentou obter a localização da sua amada com você. – Ela mantinha a voz baixa. – Imaginando que esses sejam guardas dele, eles só estão nos rastreando. Não vão nos matar. Pelo menos não até nós os levarmos aonde Chalen quer ir.

Uma fúria escureceu o olhar de Duran.

– Existe uma saída rápida para isso.

Ele se pôs a correr sem nenhum aviso prévio, o corpo potente disparando de trás da árvore tão rápido que não haveria modo de ela tê-lo impedido – não que fosse forte o bastante para contê-lo, no fim das contas.

Com uma imprecação, Ahmare se desmaterializou e percorreu o breve aclive que a colocava logo atrás, e a favor do vento, com relação aos três machos. Estavam mesmo vestindo o uniforme da guarda de Chalen e se escondiam atrás de um agrupamento de rochas. Não havia pistolas expostas, mas tinham muitas facas embainhadas.

No segundo em que retomou sua forma, seu cheiro foi percebido por eles, e os guardas viraram.

– Não posso permitir que nos acompanhem, rapazes. – Ela balançou a cabeça e apontou a pistola para eles. – Por favor, não me obriguem a ter que cuidar desse problema...

Os sons de estalos e de esmagamento de algo imenso atravessando a floresta ficava cada vez mais alto, pois Duran se aproximava como um tanque de guerra triturando tudo em seu caminho.

Ela falou mais rápido.

– Vou pedir para que se retirem. Se eu os encontrar em algum lugar perto de nós de novo, considerarei isso um ataque, mesmo que não haja armas em suas mãos. Vocês me entenderam?

Não tiveram tempo para responder. Duran chegou com um rugido e, quando partiu para cima do guarda na direita, os guardas de Chalen sacaram as facas.

O antigo prisioneiro foi rápido demais para eles.

Duran pegou o primeiro guarda do qual se aproximou e girou, transformando o macho num disco a ser arremessado, soltando-o numa

PRISIONEIRO DA NOITE | 123

árvore. Quando um som horrível de algo quebrando soou – como se o tronco tivesse se partido com o impacto –, ele sorriu como o mal personificado para os outros dois, com as presas se alongando.

– Eu conheço vocês – ele grunhiu. – Vocês dois.

O ataque nos dois que o feriram era vingança em ação, uma retribuição pelo sofrimento que ele suportara, e foi sangrento e hediondo, membros mordidos, ossos fraturados, joelhos e cotovelos destroncados. Os danos foram unilaterais. Tudo foi unilateral.

Ahmare se retraiu diante da luta, ainda mais depois que Duran matou um ao virar-lhe a cabeça com tanto vigor que os olhos injetados e arregalados do guarda foram parar nos ombros. Aquilo se assemelhava demais a Rollie. Mas não havia como deixar de olhar ou fugir, mesmo quando o segundo guarda tentou se arrastar para longe do alcance, as mãos se agarrando às folhas caídas dos pinheiros e à terra solta para se distanciar do antigo prisioneiro.

O macho não teve a mínima chance.

Quando largou o corpo inerte do guarda morto com uma olhada por cima do ombro, Duran rugiu, o animal que Ahmare vira pela primeira vez naquela cela não só fora da sua jaula como também livre das amarras da decência que os vampiros civilizados apresentavam.

Não havia como impedi-lo – mas ela nem pensou nisso, e não porque temesse ser um dano colateral. A violência a fez pensar naquele gatilho e em como ele o usara para atingir o orgasmo. Como se concentrara e se esforçara e tentara encontrar o que deveria ter sido uma consequência natural e bela de um ato de amor... e, no fim, foi preciso dor para que chegasse ao clímax.

Era por causa do que esses machos fizeram com ele.

Você está bem?

Sim. Você?

E agora, *eu conheço vocês. Vocês dois.*

Ela podia ser uma cuidadora, mas não sentia a necessidade de salvar pessoas das consequências de terem sido más e terem feito o mal.

E isso era tão pessoal, tão visceral, que todas as armas de Duran permaneceram guardadas. Aquilo era sangue por sangue, dor por dor, não uma bala atirada de uma distância segura, não uma facada rápida para liquidar o assunto.

Duran se lançou no ar e aterrissou no guarda que rastejava. Agarrando um punhado de cabelos, puxou-o para trás e, mostrando as presas, mordeu-lhe a garganta exposta. Quando arrancou a pele, um arco de sangue arterial se formou no ar antes de cair no chão como tinta derramada.

Agora Ahmare deu as costas e cobriu a boca com as mãos. Não sabia o que tentava conter. Um grito. Um lamento. Uma imprecação.

Havia tanto para escolher.

Deus, não sabia o quanto mais poderia suportar.

Capítulo 19

Silêncio.

Não, havia respiração, Ahmare percebeu vagamente: a própria, que estava alta e rápida, apenas a parte alta dos pulmões executando essa tarefa, e a de Duran, profunda e entrecortada. Ela ainda estava de costas para ele, ainda cobria a boca com as mãos, ainda... sentia que não suportaria muito mais.

Para se livrar de uma onda de tontura, forçou-se a inspirar fundo, e foi então que o cheiro de sangue fresco e de carne a atingiu. Abaixando as palmas, ela sabia que tinha de se virar, então...

Santa... Virgem Escriba.

No meio do ataque das presas de Duran, ele virara o corpo e a carnificina era... não havia como dizer como fora a anatomia antes que os caninos dele tivessem atacado. E mesmo agora, quando não havia mais vida no corpo daquele guarda, ele ainda estava agachado junto à sua caça como se esperasse haver alguma reanimação.

– Duran? – ela o chamou.

Com um sobressalto, ele a fitou, com os olhos sem focar, piscando, a parte inferior do rosto coberta de sangue, os dentes manchados de vermelho.

– Ele já foi – Ahmare disse num engasgo. – Ele não está... mais vivo.

Duran piscou algumas vezes. Depois, baixou o olhar para o macho sob ele. Houve uma imprecação estrangulada, e Duran caiu de lado com o corpo aterrissando sobre o ombro, de modo que seus olhos e os do cadáver se encontraram, um par vivo, o outro, morto, ambos fixos um no outro por motivos totalmente diversos.

Duran levou as mãos ao rosto e rolou de costas. Logo se virou de novo, dando as costas para o corpo e se apoiando nas mãos e nos joelhos. Quando a cabeça dele pendeu, Ahmare achou que ele fosse vomitar. Não vomitou.

Duran a fez se lembrar de como ficou depois de Rollie. Em estado de choque. Horrorizada. E isso a aproximou ainda mais dele. A reação de Duran revelava que, apesar de ele ter se descontrolado, não se perdera. Não de modo permanente, pelo menos. As pessoas deveriam se sentir afetadas pela morte, ainda mais se forem as responsáveis, não importando os motivos, não importando as justificativas.

— Pegue as armas deles — Duran disse rouco. — Sempre podem nos ser úteis.

— Ok.

Ficou feliz em ter o que fazer. Até perceber que teria de se aproximar dos cadáveres. Tomando coragem, encontrou três adagas, duas na terra úmida de sangue e outra no guarda que tivera o pescoço quebrado. De jeito nenhum se aproximaria do guarda dilacerado. Seu estômago já estava todo contraído...

Havia mais um a verificar.

O macho que fora lançado contra o tronco ainda estava vivo. Apesar de ter se chocado no tronco como um carro desgovernado na neve, ele não só respirava como estava consciente o bastante para se encolher contra o pinheiro que quase o paralisara.

Debaixo de uma mecha de cabelos ruivos, o rosto era jovem, e a expressão aterrorizada sugeria que nunca testemunhara nada tão visual ou violento na vida. A boca estava escancarada, sonzinhos escapavam enquanto a língua se movia contra os dentes, mas, sem as cordas vocais, ele não podia implorar piedade em voz alta.

Ele a lembrava de Ahlan: impotente, afogando-se.

Prestes a ser morto.

Ahmare se aproximou dele com cautela, a pistola apontada para o peito.

– Me dê a sua faca.

Assim que ela lhe deu a ordem, ele mexeu no cinto de armas, deixando-o cair. Pegou-o. Entregou a faca com o cabo para baixo.

– Jogue-o aos meus pés – ordenou.

Ele obedeceu, e Ahmare se inclinou para apanhar a arma, mantendo a mira nele.

– Alguma arma de fogo? – Duran perguntou rouco.

Em sua vista periférica, ela o viu sentado de pernas cruzadas e tinha esfregado o rosto com a manga da camisa, deixando as faces e o queixo um pouco mais limpos, mas a camisa não estava muito diferente, porque muito sangue fora derramado sobre ela.

– Apenas facas. – Ela manteve o foco no guarda restante. – Uma cada um.

– Você deve estar brincando.

– Não. – Ela o olhou de relance. – Por que isso é uma surpresa?

– Joga uma pra mim. – Quando ela jogou a faca que pegara para ele, houve uma pausa. – Filho da mãe. Não estão trabalhando para Chalen.

– Como é que é?

A voz de Duran ficava mais clara, mais calma e próxima do normal a cada palavra dita.

– Chalen mantém controle sobre todas as armas no castelo. Lembro-me de quando me batiam, e sempre tinham o problema de onde conseguir uma faca ou uma pistola rápido sem terem de pedir ao Conquistador. Eles se frustravam com isso. Os únicos guardas que costumavam andar armados eram os que monitoravam as saídas e o arsenal. – Mostrou a que ela lhe dera. – Isto foi feito à mão. Fizeram-nas em seu tempo livre, provavelmente de talheres roubados nas refeições. Estavam trabalhando por conta própria ou estariam mais bem armados.

– Isso é verdade? – ela perguntou ao guarda que restava.

O macho assentiu.

– Portanto decidiram nos seguir por conta própria? – ela perguntou. Quando ele sacudiu a cabeça, Duran começou a falar, mas Ahmare falou por cima dele: – Vocês não são os únicos a nos seguir. – Isso foi recebido com uma confirmação de cabeça. – E você quer ficar longe dos rastreadores oficiais porque, se o encontrarem, você estará morto.

– Ele está morto de qualquer maneira – Duran disse com seriedade. – Eu mesmo vou me certificar disso...

– Espere – ela o interrompeu quando Duran se pôs de pé. – Espere. Você reconhece este guarda?

Duran se aproximou, a estrutura corporal dele fazendo com que Ahmare sentisse não ter controle algum sobre ele – não, na verdade o responsável por isso era o humor dele, não o tamanho; a ameaça de violência letal retornava à linha determinada do maxilar e aos punhos cerrados.

– Não – ele disse depois de um instante. – Mas que porra isso importa...

– Importa, sim. – Ela se concentrou no guarda. – Consegue ficar de pé?

O jovem macho assentiu e se levantou. Era evidente que uma das pernas não estava muito boa, mas, fora isso, ele parecia até que bem.

– Vá – ela lhe disse.

– Mas que diabos! – Duran vociferou.

Ela não deu atenção à imprecação dele.

– Desmaterialize-se agora e não nos siga mais...

– Eu vou matá-lo por...

Ahmare chocou uma palma no meio do peito dele e empunhou uma porção de camisa molhada de sangue. Puxando-o para baixo, ela se colocou entre ele e o guarda.

– Se ele não o machucou, deixe-o ir.

Duran expôs as presas.

– Ele trabalha para Chalen. Você sabe, o déspota que irá matar a porra do seu irmão!

Ahmare meneou a cabeça.

– Nada de mortes, a menos que seja necessário. Para o caso de eu sobreviver a isto, vou querer ter paz de espírito com o que fizemos pelo resto das minhas noites. E não permitirei matar apenas por matar. Se ele não o feriu, se ele não é um dos guardas que esteve naquele calabouço com você, você não irá tirar a vida dele. Isso não seria vingança. Seria maldade e não o diferenciaria de Chalen. *Não serei* parte disso.

Continuou segurando Duran e se virou para o guarda.

– Vá embora agora. Se eu voltar a vê-lo, ou se ele o vir, não impedirei o que irá lhe acontecer. Você me entendeu? Isto é um aviso. Não intercederei de novo para salvá-lo.

O jovem guarda assentiu. Inspirou fundo.

E se desmaterializou.

Quando ele se foi, Duran a empurrou e começou a andar ao redor. Quando parou, foi perto do guarda que destroçara.

– É isso o que eles farão com o seu irmão. – Ele apontou para o cadáver. – E você acabou de mandar de volta um guarda que sabe exatamente onde estamos e que pode muito bem saber onde passamos o dia se viu de onde saímos.

– Não me arrependo.

Duran se inclinou sobre sua presa, com as mãos nos quadris, o queixo para baixo de modo que os olhos brilharam por baixo das sobrancelhas grossas.

– Mas irá. Garanto a você que acabará se arrependendo do que acabou de fazer, e muito provavelmente seu irmão pagará o preço da sua compaixão inapropriada.

Ahmare indicou a carnificina com um gesto amplo da mão.

– E você marcou a nossa localização. Há sangue espalhado em toda esta parte e o cheiro está se propagando com o vento. Por isso, sugiro que paremos de discutir e voltemos a andar. Se eu tiver que esperar mais um dia, vou acabar perdendo a cabeça...

Duran pendeu para o lado, recuperou o equilíbrio.

E desmaiou, aterrissando como um saco de batatas.

Capítulo 20

O primeiro pensamento de Ahmare – bem, o segundo; o primeiro fora o de que Duran havia sido apunhalado e morreria de hemorragia interna – não foi quanto à localização do culto. Nem Chalen. Tampouco a amada do Conquistador.

Nem mesmo foi a respeito do irmão.

Seu primeiro pensamento foi: *Não quero perder este macho.*

A vida de Duran e o instante da sua extinção foram a única coisa importante quando ela desabou ao lado dele, as mãos tateando o peito, o tronco dobrando-se sobre o corpo do macho como se suas costas pudessem bloquear a chegada ao Fade. Os olhos dele estavam fixos no céu, encarando o firmamento noturno como se houvesse uma mensagem ali para ele, símbolos fantasmagóricos no Antigo Idioma flutuando soltos como se só ele conseguisse enxergar.

– Duran? – sussurrou ao tateá-lo.

Havia tanto sangue nas roupas que era difícil saber se era dele ou se fora do guarda que ele mordera. E uma ferida de um pouco mais de dois centímetros se fecharia sozinha na superfície, enquanto a artéria por baixo se tornaria um derramamento de óleo no seu oceano, arruinando tudo.

– Duran! – Agora ela soou mais urgente. – Você está...

Você está morto?

Pergunta idiota a se fazer, mas não foi por isso que ela deixou a frase inacabada. Ela temia a resposta...

De repente, o tronco se moveu para cima com tamanha intensidade e força que o ombro dele bateu em Ahmare, jogando-a para trás. E a inalação foi tão forte que ela podia jurar ter sentido o ar sendo sugado.

– Você está bem? – ela perguntou.

Sim. Você?

A cabeça dele virou na direção da fêmea. As pupilas pareceram focar da maneira adequada, e nenhuma delas estava dilatada.

– Desculpe. Não sei o que aconteceu.

Quando ela expirou, sentiu estar fazendo a segunda parte da inspiração dele, fechando o ciclo, por assim dizer.

– Está tudo bem. Mas precisamos dar uma olhada em você.

Duran levantou a camisa e os dois inspecionaram os gomos de seu abdômen. Nada. Depois ele se virou e lhe ofereceu as costas para sua inspeção. Tampouco havia algum ferimento ali.

Ahmare concluiu que isso dava conta de problemas maiores. Contanto que ele não tivesse sido perfurado na virilha. Artérias femorais eram as condutoras para a parte inferior do corpo, capazes de vazar sangue do volume de uma banheira, mas, nesse caso, haveria manchas nas calças, e não havia nenhuma ali.

– Vamos – ele disse ao se levantar.

Ahmare pensou que Duran conseguiria ficar na vertical porque falava com coerência. Nada disso. Ele caiu de novo, dessa vez sentado – e, considerando que o plano deles era o de correr, isso não era nada bom.

– Não sei o que há comigo. – Ele olhou para os braços, virando as mãos com as palmas para cima e para baixo. – Nada está atendendo aos comandos.

Ahmare perscrutou a mata, notando que, ao contrário da floresta densa que cobria a área próxima à montanha, nada havia ali, a não ser troncos e galhos de pinheiro que se escondiam na base dela. Considerando-se a ausência de cobertura, estavam totalmente expostos, ainda que a luz fosse fraca e não oferecesse muita iluminação.

E também havia o exame de anatomia de um corpo, a menos de dois metros de distância, um chamariz para qualquer um com meio olfato.

Duran fez uma segunda tentativa de se levantar. Uma terceira.

Quando caiu pela última vez, Ahmare somou dois e dois e teve uma espécie de iluminação.

– Você tem que se alimentar – disse com aspereza.

Ele se retraiu.

– Não. Vou ficar bem. Fiz isso duas semanas atrás.

Franzindo o cenho, ela perguntou:

– Chalen provia fêmeas?

– Era a única maneira de me manter vivo. – Relanceou para os dois cadáveres. – E eu aceitava aquelas veias só para me manter forte para a minha vingança.

Ele parecia confuso, como se alimentar-se fosse parte de um acordo com o destino, e cumpriu com a sua parte – então, por que não estava forte o bastante para seguir adiante?

Ela se ajoelhou e levantou a manga da blusa.

– Vamos logo com isso.

– Não. – Ele fechou a cara e empurrou o braço dela. – Não, eu só...

– Quer perder tempo tentando se levantar pela quarta vez? Estive contando para o caso de você não ter feito isso. E você pode ter se alimentado há catorze noites... – Deus, não queria pensar nos detalhes, e talvez ele tivesse estado com uma fêmea antes. Talvez tivesse se equivocado a esse respeito. – ... mas você sabe tão bem quanto eu que o estresse e o esforço físico sugam rápido as energias. E não venha me dizer que não se exercitou agora mesmo porque eu te vi.

Duran olhou para o bosque – como se a ideia de ela tê-lo visto violento, fazendo tantos estragos, o envergonhasse.

– Vamos – ela disse, oferecendo-lhe o pulso outra vez. – Isto não é lugar para sermos flagrados, e eu não quero ter que te arrastar de volta para aquele rochedo. Mas farei isso se preciso for.

Ahmare tinha razão.

Ele precisava se alimentar. Fugir de Chalen, chegar até ali, gastar as forças como acabara de fazer... derrubara sua energia reserva a zero.

E também o fato de ter revisto Nexi.

E a própria Ahmare.

Tudo isso contas no ábaco que seriam equilibradas caso ele sorvesse de uma veia. Era a maneira que a biologia funcionava, o esquema montado pela Virgem Escriba para a espécie, machos tomando de fêmeas, fêmeas tomando de machos.

– Apenas faça – ela o incentivou. Depois revirou os olhos. – Deus, virei propaganda da Nike por sua causa.

– O que é isso?

– O culto não tinha tv, certo? – Ela aproximou o pulso da boca. – Chega de conversa.

Ele quase lhe pediu que não fizesse aquilo. Porque sabia, mesmo antes de o cheiro do sangue dela chegar ao ar e, aparentemente, lançar um torpedo direto para as suas narinas, que ela não pararia.

E ele seria incapaz de dizer não.

Duran não sabia bem por que se negar à veia dela era tão crucial. Ele e Nexi alimentaram-se um do outro quando precisaram e nem fizeram sexo. Fora apenas uma troca de necessidades sem implicações, de ambas as partes – bem, pelo menos da sua parte fora assim. E deveria ser assim com Ahmare também.

Nem. Perto. Disso.

Quando ela se perfurou e levou o pulso bem diante dos lábios de Duran, ficou bastante claro que "nem perto disso" não era nada aplicável a Ahmare.

"Tudo no Maldito Mundo Inteiro!" poderia descrever a situação.

Não, isso também não servia. Que tal "Universo"?

Tudo no Maldito Universo Inteiro e ao Infinito e Além.

Santa Virgem Escriba, isso mal descrevia a primeira sugada do sangue precioso dela, do primeiro sorvo em sua boca... da primeira golada. Seu corpo, antes seu, ficou sob o total controle dela, uma extensão da vontade e da orientação de Ahmare, claro como se ele fosse apenas mais um par de membros, movidos por ela e apenas por ela, nenhuma parte sua sendo sua nesse momento.

E para todo o sempre, ele suspeitava.

Que fora o verdadeiro motivo do seu "não". Em algum nível, provavelmente aquele mais próximo às aptidões de sobrevivência, ele soubera que agora não havia como recuar. O sabor dela, a vitalidade que explodia em cada uma das suas células, o formigamento, o acendimento, a energia que fluía dentro dele era, ao mesmo tempo, ofuscante e telescopicamente esclarecedora...

Gemidos.

Alguém gemia – era ele. Sons subiam pela sua garganta e não avançavam porque ele estava ocupado demais sorvendo o vinho, o delicioso vinho, o vinho incrível, assustador e transformador que era o sangue dela.

Caiu para trás – foi isso ou a terra subiu para ampará-lo. Quando o leito fragrante e macio das folhas dos pinheiros o seguraram e o ampararam, como um colchão provido pela natureza, Ahmare obsequiou a mudança e se aproximou, mantendo a conexão enquanto ele continuava a beber.

Ao contrário dele, ela não estava concentrada na alimentação.

Ela se acomodou de modo a ficar de costas para a subida da montanha, sem dúvida para poder perceber quaisquer cheiros vinham pelas correntes de ar do pico. Empunhava uma pistola com a mão livre, e movia a mira dela pelo panorama que havia à esquerda, no centro e à direita deles. À medida que o cano se movia, também a sua cabeça se mexia, mas na direção contrária.

De modo que sua mira ou sua vista os cobria.

Durante a proteção vigilante que ela lhe fornecia em seu momento mais vulnerável, Duran sabia em seu cerne que ela se tornaria letal caso se visse forçada a defendê-lo – e seria bem-sucedida. Ela era impetuosa, mesmo que não agitada. Alerta, mas não temerosa. Agressiva, mas apenas se precisasse ser.

Lágrimas arderam nos cantos dos olhos, e não só porque alguém o protegia. Foi porque detestou que ela estivesse nessa situação em que suas defesas precisaram estar erguidas. Deus, desejou ter oferecido algo à vida dela além das suas necessidades corporais... logo após ela ter sido forçada a testemunhar sua vingança se manifestando em duas outras criaturas vivas.

Embora aqueles dois guardas tivessem apreciado feri-lo.

– Continue – ela disse sem baixar o olhar. – Só quero parar para fazer isso uma vez.

Duran fechou os olhos e sentiu uma punhalada no coração. Em meio ao seu encantamento de êxtase, lhe faria bem ter em mente que aquilo não era o começo de algo para eles. Uma plataforma de lançamento para uma aproximação. Uma fundação na qual construir algo.

Aquilo era biologia em tempos de guerra.

E quando diabos, afinal, foi que ele se tornara um maldito romântico?

CAPÍTULO 21

Ahmare teve que lhe dar crédito.

Duran sorvera apenas o necessário. Em seguida, lambera a ferida para fechá-la e se levantou. Em geral, após a alimentação existia um torpor, um relaxamento pós-veia que fazia flutuar qualquer um que tivesse se alimentado num poço tranquilo de saciedade. Mas era claro que estava ignorando tudo isso em favor do que a fêmea precisava dele.

Duran necessitara de sangue. Ahmare, de movimento.

Assim, depois de assentir para ela – um obrigado, ela deduziu –, ele apontou para oeste e começou a correr, com lentidão no começo, em seguida, mais acelerado. Não demorou muito e os dois alcançavam o tempo de um maratonista experiente em meio à floresta.

Com o vento batendo no rosto, e o corpo se movendo no piloto automático, seus sentidos estavam vivos, prontos para encontrar na mata os perseguidores, os agressores, os rastreadores... os assassinos. Ela procurava nas laterais e, atrás, os olhos buscando sombras por trás das árvores e das grandes rochas, isolando troncos como possíveis abrigos, identificando esconderijos em toras caídas e galhos.

Duran fazia o mesmo, e a atenção que precisavam ter com o ambiente que os cercava era um bom lembrete do motivo de estarem juntos, do propósito dessa interseção em suas vidas. A intimidade forçada daquelas horas diurnas, que levaram a muita pele nua sobre pele mais nua ainda, fora a mesma da alimentação de agora há pouco.

Um desvio, não um objetivo.

De certa forma, ela se sentia grata. De outro modo, era possível que seu cérebro, no maior barato de efeitos químicos provocados pela boca dele em seu pulso, a levasse a um esquecimento que não poderia se dar ao luxo de visitar, quanto mais habitar.

– Por ali – ele disse. – Aquela é a entrada.

Essas foram as primeiras palavras que ele disse desde que começaram a correr, e o fato de não estarem mais arfantes do que se ele estivesse de pernas para o ar num sofá com um gato adormecido no peito a deixou estupidamente orgulhosa. Mas, qual é, como se ela tivesse controle sobre os conteúdos do seu sangue ou de como ele o nutriu?

Ainda assim, Ahmare sentiu como se isso importasse, e não só em algum sentido emocional efêmero, mas no aspecto prático, tipo chassi e tanque de combustível.

Parecia mais confiável, mais tangível do que o que acontecera entre eles no *bunker*.

Ao se aproximarem de um velho chalé de caça, um abrigo nada especial, parecendo ter sido construído e abandonado há séculos por humanos, que caçavam para se alimentar em vez de fazer isso como esporte, uma inquietação a varreu. E foi uma surpresa perceber que a ansiedade não tinha nada a ver com o fato de estarem prestes a invadir uma seita.

Duran teria de voltar para Chalen, não teria?

Fora esse o plano que fizera com o Conquistador. Concordara em levar a arma que ele lhe desse, usá-la para reconquistar a fêmea dele... e devolvê-la. Se não o fizesse, Ahlan não sairia vivo do castelo.

– Não parece lá grande coisa – Duran disse ao abrir a porta que tinha mais buracos para passar o ar do que tábuas e pregos. Quando ela não o seguiu de pronto, ele olhou por cima do ombro. – O que foi?

Seu regresso à cela parecera menos traumático enquanto não gostava dele. Quando pensava nele como "o prisioneiro". Agora, sabia que perderia um ou o outro: se deixasse Duran livre, o irmão estaria morto, e o vínculo de sangue sempre vencia, certo?

– Desculpe – ela murmurou ao se forçar a entrar pela porta frágil.

Lá dentro, o chalé estava vazio e apodrecia, não havia nada além de poeira e destroços de pinheiro, como se a floresta estivesse reciclando a construção. A passagem do tempo fizera daquilo que deveria ter sido durável só mais uma carcaça biodegradável, um saco de entulho que logo se transformaria em pó, a não ser pelos pregos que restariam e pelas duas vidraças das janelas que sobreviveriam mais tempo.

– Por ali – ele disse ao atravessar até o canto oposto.

Quando o peso do macho fez as tábuas rangerem, ela desejou pelo bem dele que não houvesse um andar abaixo. Era provável que ele acabasse caindo.

Agachando-se, Duran enfiou as pontas dos dedos em um nó de uma tábua e, quando a levantou, puxou uma seção de um por um e meio mais sólida do que era de se esperar.

– Descemos por aqui.

Ahmare se aproximou e não aceitou a mão que ele estendia para ajudá-la a descer a escada de mão que não passava de travas finas presas a duas varas com barbante. Enquanto descia com cuidado, suas narinas se enchiam com um buquê complexo de podridão, mofo e lama, e resolveu que, se saísse viva daquilo, iria para a Disney World.

Ok, tudo bem. Não para a Disney World porque, de verdade, como é que um vampiro iria lidar com uma terra cheia de sol, protetor solar e criancinhas humanas gritando? Mas iria para algum lugar onde tivessem ar-condicionado e aromatizador de ar e camas com lençóis limpos. Água corrente. Uma geladeira.

Um chuveiro com saídas múltiplas.

Ou que tal só água quente?

Tendo tanto o irmão quanto Duran ao seu lado.

Ahmare chegou ao chão e acendeu a luz do celular. Paredes de gesso, a terra sendo segurada pelo que parecia ser argila compactada. Piso de terra batida. E, acima, uma passagem estreita, cujo fim a luz da lanterna do celular não alcançava.

Duran saltou para baixo, como se soubesse que seu peso transformaria a escada em gravetos.

– Vamos por ali.

Não que houvesse outra opção.

– Espere – ela disse. – Precisamos fechar o alçapão.

– Não. – Ele acendeu a lanterna e mirou no espaço vazio, o facho perfeitamente redondo e definido que se abria do tamanho da lâmpada para algo saído de uma ilustração de Nancy Drew. – A esta altura do jogo, quero que os guardas de Chalen nos sigam.

Quando ele foi adiante, a passos rápidos, ela o seguiu.

– Você enlouqueceu?

– Confie em mim.

A pele de Duran estava viva e alerta à medida que ele avançava pela passagem úmida e fria. E não porque houvesse alguém atrás deles.

Muito pelo contrário, era pelo que havia adiante.

Ele conhecia as curvas e as retas de cor. Sabia também que esse trecho da entrada era o mais perigoso. Em todas as outras partes dessa invasão, eles teriam opções, coberturas defensivas, lugares para onde sair correndo. Ali? Se por qualquer motivo a presença deles fosse sentida e os defensores de *Dhavos* fossem enviados, teria de confiar apenas no combate direto, corpo a corpo. E ele estando ainda grogue por conta da alimentação?

Duvidava que qualquer um dos dois sobrevivesse.

E temia um resultado ainda pior se o pai dele pegasse Ahmare como prisioneira.

Além de tudo, havia o risco representado pelos guardas de Chalen, mas precisava deles. O culto decerto estaria reunido na arena realizando sua cerimônia de "purificação" noturna na qual eram lavados, num sentido metafísico, dos seus pecados ocorridos nas 24 horas anteriores por *Dhavos*. Presumindo que a prática não fora alterada, isso daria a ele e a Ahmare uma oportunidade de entrarem, se disfarçarem e seguirem em frente. Os guardas de Chalen, por sua vez, não seriam tão eficientes quanto ele e Ahmare em se localizarem ali dentro – e, quando fossem descobertos, o caos reinaria.

Uma perfeita cortina de fumaça para ele e Ahmare se esconderem lá dentro enquanto pegavam a amada. Depois disso, se separariam e ele faria o que viera fazer.

Uma curva final na passagem e chegaram a uma porta de cofre. Essa era parecida com a que ele mandara instalar no *bunker* e, na realidade, fora sua inspiração.

Parando, Duran foi para o painel e inseriu a senha de seis dígitos que conseguira ao espionar um defensor usando-a no interior do complexo.

Não havia plano B. Se aquilo não desse certo...

– Está funcionando? – Ahmare perguntou.

– É a senha certa. – Ele voltou a digitar os números. – Pelo menos costumava ser.

Enquanto esperava, seu coração começou a bater forte...

– Jogo da velha! – E ele apertou a cerquilha.

Com uma pancada e um rangido, houve a mudança de posição de engrenagens e então... estavam dentro.

O ar que escapou era seco e muitos graus mais quente do que a corrente fria e úmida em que estavam. Mas o cheiro dele, condicionado em excesso, nada natural, ardeu nos dutos microscópicos em suas narinas, chegando por caminhos neurais arraigados até a parte mais antiga do seu cérebro.

A parte que fora forjada quando muito jovem, e sua *mahmen* ainda estava viva – e a vida se resumira ao sofrimento dela.

– Vai entrar?

Ahmare fez a pergunta baixinho, como se soubesse que ele estava bloqueado. E a verdade era que noventa e nove por cento dele berrava para que desse meia-volta agora e voltasse para aquela escada frágil. Nesse instante fantasioso, ele esteve livre para fugir pela floresta, retornar até o quadriciclo, sair dali com Ahmare, fugindo de Chalen e de seu pai, livre para ficar num mundo com apenas eles dois.

Era uma bela ficção.

Na realidade, ele tinha a coleira de Chalen ao redor do pescoço, uma consciência que não esquecia a morte de sua *mahmen*, e o irmão dela aprisionado num inferno em que ele próprio estivera por duas décadas.

– Sim – respondeu rouco. – Vou entrar.

Passando pela soleira que o deixava nauseado, parou de novo. Mas olhou para trás, para Ahmare. Ela também hesitava, do modo como você pararia, caso tivesse uma pistola na mão que poderia, ou não, explodir em seu rosto quando você puxasse o gatilho. E o motivo não era o destino deles. Mas, sim, seu guia.

Ele estendeu a mão.

– Sei aonde temos que ir. Não vou te desapontar.

Quando ela se concentrou num ponto acima do ombro dele, Duran sabia o que ela via: escuridão, com uma intensidade que apenas o subterrâneo podia ter.

Ela não segurou a palma dele, assim como não o fizera quando tentara ajudá-la a descer a escada. Era como se tivesse que provar a si mesma que poderia fazer tudo sozinha, mesmo se não o estivesse fazendo agora – e ele podia respeitar isso.

Mas precisava que ela ouvisse algo.

Apoiou a mão no ombro de Ahmare, e ela deve ter percebido algo em seu rosto, porque ficou imóvel.

– Preste atenção – ele disse. – Existem quatro saídas do complexo, uma para cada ponto cardeal, norte, sul, leste e oeste. Esta é a do leste. Todas elas desembocam em algum ponto da base da montanha. As senhas são de seis dígitos e são progressivas, a começar pela do norte.

Ditou-lhe as sequências e a fêmea as memorizou com agilidade, repetindo-as para ele.

– E o símbolo do jogo da velha – ele acrescentou. – Não se esqueça dele no final. Se alguma coisa acontecer comigo e nos separarmos, você precisará dar seguimento ao plano. O complexo tem uma planta centralizada ao redor dos cruzamentos dos quatro pontos cardeais.

Os corredores curvos não são os que você precisa porque a manterão num círculo. Os retos a levarão para qualquer uma das saídas e para a arena, entendeu? São esses que a salvarão, e você saberá que estará saindo em vez de entrando porque todos os outros irão na direção oposta, no caso de o alarme soar.

– Ok. Entendi.

– Só mais uma coisa. Esta montanha inteira está repleta de explosivos. Você terá três minutos depois que as luzes vermelhas começarem a piscar. – Duran não se deu ao trabalho de esconder a amargura na voz. – A congregação sofreu lavagem cerebral do *Dhavos*. Acreditam que, assim que as luzes vermelhas se acendem, o fim do mundo chegou e a eles cabe rezar. Não tente salvar ninguém. Deixe-os irem para a arena, já tomaram uma decisão por conta das próprias ilusões e esse é o destino deles. Nexi e eu somos os únicos que sei que se desvencilharam disso. Você não ganhará nenhuma discussão e, mais importante do que isso, precisa sair daqui, ok? *Não* tente salvar ninguém. Só você importa.

Ela assentiu. E depois:

– Duran... obrigada. Por tudo.

Ele a fitou no rosto. Havia uma mancha de terra na têmpora, alguns fios cacheados escaparam do rabo de cavalo, e o rubor do esforço físico para chegarem até o chalé diminuíra devido à temperatura fresca da passagem subterrânea.

Os olhos de Ahmare se encontraram com os dele, como se a fêmea lesse sua mente.

Quando se aproximaram para o beijo, ele soube que aquilo era um adeus. Um deles, ou ambos, não sairia vivo daquela missão suicida.

E o que mais o preocupava é que talvez ela não tivesse compreendido a sua mensagem. Quando lhe disse que não salvasse ninguém... estava incluindo a si mesmo.

Eram grandes as chances de ela ter de deixá-lo para trás quando a montanha explodisse, e ele rezava que a necessidade de salvar o irmão superasse a luz que brilhava quente, suave e carinhosa nos olhos dela enquanto o fitava agora.

– Ninguém mais importa a não ser você.

CAPÍTULO 22

Enquanto Duran falava, Ahmare não gostou da sua expressão. Não. Nem um pouco.

– Não se esqueça de mim, está bem? – ele pediu com suavidade. – Não tem que sofrer pela minha morte, mas apenas... eu gostaria que alguém se lembrasse de mim.

– Não estou ouvindo isso...

– Só para o caso de o Fade ser uma mentira, não quero que pareça que eu nunca existi.

Antes que ela conseguisse argumentar, Duran apertou sua mão e depois se esticou por cima dela para puxar a porta até quase fechá-la. Sem nenhuma outra palavra, ele seguiu adiante e, quando Ahmare o acompanhou em desespero, foi que notou um brilho ao longe na escuridão.

Não era uma luz de segurança. Correndo para alcançá-lo, viu que a luz passava ao redor da soleira de uma porta fechada.

Não havia nenhum painel de controle dessa vez. Apenas uma maçaneta comum como a de sua academia, e, a julgar pelo que os aguardava do outro lado, ela achou que o portal deveria ter as advertências de praxe do Ministério da Saúde, um *airbag* e um capacete.

– Um... dois... – Duran segurou a maçaneta. – Três.

Não abaixou com força a maçaneta, foi devagar e empurrou a porta. Inclinando-se para dentro dela, manteve a pistola empunhada.

– Para a esquerda. Rápida e silenciosamente.

Esgueiraram-se por um corredor cinza-claro com todas as nuances e características que ela imaginava que os membros do culto teriam: tudo encerado e polido num brilho fosco, sem decoração alguma, o teto, as paredes e o piso cobertos por quadrados de linóleo do final dos anos sessenta, cujas margens revelavam finas linhas de cola que haviam vazado e desbotado para um tom de amarelo mostarda. Luzes fluorescentes embutidas em painéis a cada dois metros no teto, e muitos dos tubos piscando ou queimados. Embaixo, as lajotas se desgastaram em dois caminhos distintos e paralelos entre si.

Por causa das pessoas que caminhavam em fila ou em pares.

A sensação de ter entrado num mundo estranho foi reforçada quando chegaram a uma porta com uma maçaneta igual à primeira. Uma plaquinha de madeira falsa fora grudada na porta na altura dos olhos, com letras brancas entalhadas no plástico que diziam "Decência em Primeiro Lugar".

Ao longe, havia um zumbido esquisito e inquietante.

Duran olhou ao redor preocupado. Depois balançou a cabeça.

– Deixa que eu entro primeiro – ele disse ao curvar a mão ao redor da maçaneta.

Ahmare relanceou a vista para trás. Não havia ninguém no corredor. Tampouco havia pessoas passando por perto, pelo menos ela não ouvia nem sentia ninguém e ficou se perguntando exatamente qual seria o tamanho daquela instalação.

Duran se moveu num silêncio rápido, abrindo a porta e desaparecendo num interior que, a julgar pela placa, fazia Ahmare pensar em imagens de antigos comerciais de absorventes, maiôs com saiotes, sutiãs embutidos e meias finas mais parecidas com meias de compressão.

Talvez fosse para ali que a raça humana enviava suas tias solteironas quando não suportavam mais os queixos peludos e as marcas dos beijos de batom nas festas de fim de ano...

Que *diabos* era aquele zunido?

A cabeça de Duran apareceu.

– Tem algo errado aqui.

– Acha mesmo? – ela resmungou para si mesma.

Ele a puxou para dentro, e Ahmare arquejou, quase voltando correndo para o corredor. A sala ampla, que devia ter doze por seis metros, estava abarrotada de moscas – não, não eram moscas, era traças voadoras. Milhares de traças de asas claras voavam, indo e vindo em planos de voo desencontrados, chocando-se no ar, como bolas de bilhar sem o feltro nem os bolsos da mesa.

Afastando-as do rosto a tapas, o cheiro era horrendo, como o sedimento da margem de um rio em pleno verão, estagnado, úmido e pútrido.

Ela bateu com a mão de novo, mesmo isso sendo inútil. Havia insetos demais...

– Isto é a lavanderia? – ela perguntou.

– Costumava ser.

Havia lavadoras e secadoras industriais num dos lados. Do outro, prateleiras e prateleiras... uma loja de departamentos inteira... nos quais centenas de mantos de lã castanha estavam pendurados em diversos estágios de decomposição. As traças sobreviviam graças ao tecido, criando buracos cada vez maiores, deixando tiras de tecido rasgados em seus rastros.

Era um ecossistema completo, o resultado de duas ou de três traças sendo importadas para o meio ambiente, no qual estabeleceram a organização doméstica e onde o marido e a esposa aprontaram ao estilo *Foi Sem Querer* um trilhão de vezes.

Duran foi até lá e soltou um manto. A lã virou pó em suas mãos, caindo sobre as botas, como folhas de outono sem a estação nem a árvore, apenas a queda.

– Não dá pra usar isto. – Ele soltou o colarinho. – Pensei que poderíamos nos camuflar, nos misturando à congregação.

Ahmare sentiu a mão da morte fazendo cócegas em sua nuca.

– Acha que vamos precisar fazer isso?

Quando Duran voltou para o corredor e segurou a porta aberta para Ahmare, traças escaparam como uma lufada de fumaça de uma sala incendiada, dissipando-se assustadas. Ele quase teve vontade de obrigá-las a entrar mais uma vez, para que não ficassem de fora da festa.

Depois de um sinal seu, os dois voltaram por onde vieram, avançando pela lateral de um corredor curvo, meio agachados, mas movendo-se num ritmo constante com as armas em punho. Ao transporem a entrada pela qual passaram sem deparar com ninguém que tivesse ido verificar o motivo de a porta não estar fechada... ao se aproximarem da cozinha do refeitório e não sentirem os aromas de uma refeição sendo preparada ou já consumida... quando o silêncio e o ar estagnado foram os únicos companheiros da invasão deles... uma terrível conclusão começou a se formar em sua mente.

E Duran se opôs a ela.

Combateu-a como teria feito contra os defensores de *Dhavos*.

Quando chegaram ao cruzamento do eixo seguinte, o que corria de norte a sul, inclinou-se para fora e deu uma espiada. Ninguém. Não havia ninguém conversando. Andando. E não era por causa da cerimônia de purificação.

– Por aqui – ele disse.

Ao falar, ouviu a ira na voz, e o corpo passou a tremer de hostilidade.

Acima, as luzes fluorescentes piscavam, mais delas estavam apagadas à medida que se aproximavam da arena, a iluminação uns solavancos que sublinhavam os sinais de alerta já disparados em sua cabeça.

Lembranças lhe voltavam, imagens que ele desejou deixar de ver. Os olhos da mãe, arregalados num rosto machucado, brilhantes por causa de lágrima que tentara conter por sua causa. A coragem calada e desesperada dela de pôr um pé diante do outro porque se sentia aterrorizada com a possibilidade de que o filho lhe fosse tirado pelo seu abusador. Os anos de sofrimento que ela suportara.

Por sua causa.

Você é a razão do meu viver, a minha bênção, ela sempre lhe dizia.

Tolice, ele era a maldição dela. E matar o pai lhe parecera ser a única saída para ser digno do amor que nunca merecera dela.

O único modo de poder viver consigo mesmo.

Ao se aproximar da arena, sentiu-se perseguido, apesar de olhar toda hora para trás, quase desejando um bando de defensores em seu encalço. Mas... não. Pouco importava quantas vezes relanceasse os olhos por sobre o ombro ou inspecionasse um cruzamento em um dos corredores curvos, não havia ninguém ao redor deles.

Nenhum alarme disparou.

Apenas o par de caminhos gastos no piso de linóleo e os espasmos das luzes fluorescentes acima.

— Minha *mahmen* morreu na noite anterior à minha abdução.

Quando Ahmare virou a cabeça na sua direção, ele percebeu que dissera aquilo em voz alta.

— Sinto muito...

Ele a interrompeu.

— Acredito que tenha morrido de um ataque de coração. Ela e eu estávamos na nossa cela, e ela vinha se mostrando cansada já há algumas noites. E o estômago a incomodava. De repente, ela só... — Balançou a cabeça. — Ela estava sentada em seu leito e levou a mão para baixo do braço, como se tivesse sentido uma dor súbita. Em seguida, amparou o peito e ofegou, tentando respirar. Olhou para mim.

— Ah, Duran...

Foi de grande ajuda que estivessem apressados enquanto falavam, concentrados em possíveis ataques, ocupados, ocupados. Duvidava que, de outro modo, teria terminado a história.

— Ela pendeu para o lado. Ainda me encarava, mas acho que já não enxergava. Comecei a gritar o nome dela. Endireitei-a, mas a cabeça... ela pendeu para o lado do ombro, depois caiu para trás.

Duran não havia percebido que diminuíra o passo até parar. Mas um dos quatro pares de portas que dava para a arena estava diante deles.

– Um dos defensores, a guarda particular de *Dhavos*, chegou porque me ouviu gritar. *Dhavos* invadiu nosso quarto correndo. Parti pra cima do pescoço dele. Eu só estava... – Fechou os olhos. – Foram necessários sete defensores para me tirar de cima dele, e, assim que ele se libertou, foi aos trancos e barrancos para cima do corpo dela. Ela já empalidecia, descorava. Ele chorou. Em cima dela. Tiveram que me arrastar para fora do quarto. Me espetaram com alguma coisa, uma agulha. Eu desmaiei.

Ele encarou as portas fechadas. Os painéis de madeira foram entalhados com o perfil de um macho cujas feições eram idênticas às suas.

Duran olhou uma última vez na direção pela qual vieram.

– Ela chegou aqui como uma alma perdida e acreditou nas mentiras, na grandiosidade, na salvação. Depois, ele a arruinou de todas as maneiras que contavam. Fez isso com muitas pessoas, mas ela era a que importava para mim. – Pigarreou. – Na noite seguinte, depois que me drogaram, eu despertei sozinho no quarto. Seu corpo não estava mais lá. Na cama dela. Foi como se ele a tivesse apagado. Resolvi que honraria a memória dela, faria a cerimônia do Fade ainda assim. Ele não tiraria isso dela. Fui para o banheiro. Tomei banho e me barbeei para estar limpo. Não importava que eu não tivesse seus restos mortais. Disse a mim mesmo que ainda assim daria certo. Eu diria as palavras, faria os movimentos, todo o ritual, mesmo que tivesse que representar. Se a Virgem Escriba fosse de fato a mãe benevolente da raça, eu disse a mim mesmo, ela dispensaria isso à minha *mahmen*.

– Estou certa de que sua *mahmen* está no Fade...

– Você não sabe isso. Nem eu. – Esfregou os olhos. – Bateram-me na cabeça e eu recobrei os sentidos no salão do castelo de Chalen, diante da lareira. Na mesa dele. Meu pai foi esperto. Ele sabia o que eu faria assim que a cerimônia do Fade terminasse. Eu teria os dois pais mortos antes da meia-noite, e nada iria me deter.

Duran apoiou a mão na parte direita da porta. No perfil do rosto do pai.

– Faltou tão pouco para que eu conseguisse tirá-la daqui. Aconteceu uma junção de fatos. O *bunker* estava pronto, a nossa rota de fuga planejada, meus suprimentos guardados no chalé de Nexi. Eu a ajudei a sair do complexo como um teste na semana anterior, e funcionou. Eu precisava ter certeza de que funcionaria, entende... Eu tinha que ter certeza de que minha *mahmen* ficaria a salvo.

Quando Ahmare apoiou a mão no seu ombro, Duran se sobressaltou e se concentrou nela. Em voz baixa, disse:

– Eu estava tão perto. Tão, *tão* perto.

Quando falou, não teve certeza se falava sobre a libertação da mãe.

Ou sobre o que viera fazer ali aquela noite.

Duran empurrou a porta e entrou na arena.

CAPÍTULO 23

Os esqueletos estavam em toda parte. Centenas deles, mais talvez.

Enquanto Ahmare seguia Duran para dentro de um anfiteatro com fileiras e mais fileiras de assentos descendo até um palco central, não conseguia contar os ossos.

E todos eles morreram de maneira horrível. Essas pessoas... essas pobres pessoas sofreram.

Abaixou a arma e foi até a fileira de cima.

– Meu... Deus.

Duran foi descendo pelos degraus acarpetados que estavam cobertos por manchas marrons. Era sangue, ela percebeu. Devem ter sangrado, mas por quê?

Ele se inclinou e apanhou uma seringa.

– Cicuta.

O cérebro dela se esforçou para processar tudo aquilo.

– Não vimos essas árvores na floresta?

– Meu pai as plantou com esse propósito. – Duran voltou a colocar a seringa com precisão onde a encontrara. – É letal para os humanos. Ainda pior para os vampiros, se injetada. Você sangra por todos os orifícios.

O que explicava a mancha espessa marrom, que secara... há algum tempo... pelas passadeiras da escada e nos corredores, em todos os assentos e nas costas das poltronas.

Só conseguia imaginar a carnificina assim que aconteceu.

– Ele sempre disse que faria isso. – Duran foi descendo em direção ao palco, passando por cima de braços e pernas. Costelas. Crânios. – Ele falava sobre o fim dos dias, e eu sempre pensei que ele deve ter tomado a ideia da mídia humana ou algo assim, porque nós não nos referimos a "dias". E você estava certa, não tínhamos acesso a TV, jornais e rádio, mas ele se mantinha a par do mundo externo através deles. Algumas vezes, trazia recortes de jornais para minha *mahmen* e os lia para ela, em especial antes de eu passar pela minha transição.

– Quantos anos você tem? – Ahmare perguntou de repente.

– Um ano após a transição. – Ele balançou a cabeça. – Quero dizer, eu já tinha passado pela transição há um ano quando ela morreu e acabei indo parar no castelo de Chalen. Nexi foi quem me ajudou a passar por ela e, em troca, eu a ajudei a sair daqui.

Duran se inclinou e moveu o osso de um braço com cuidado para seu lugar.

– Ele lhes dizia todas as noites ao pôr do sol que eram pecadores. Ele lhes disse que era a salvação. E acreditaram nele. Isto – ele moveu a mão ao redor da arena – devia ser a purificação. Imagino que estivessem num acesso de obediência quando se injetaram, tão crentes de estarem fazendo a coisa certa e que isso os levaria a um nível seguinte de consciência com seu líder. Não queriam ir para o Fade. Era uma elevação mental e emocional o que procuravam e que ele prometera lhes entregar.

Pegou o osso de uma coxa e olhou para sua extensão.

– Mas em seguida veio a dor. Eu o vi injetar isso num macho certa vez. Ele fez isso na minha frente como ameaça. O macho estava tão preparado para isso, oferecendo-se com prontidão, sem que nada o amarrasse. Meu pai fez o macho se ajoelhar diante dele e o beijou na testa, amparando--lhe o rosto, sorrindo-lhe com afabilidade e compaixão. Depois disse ao macho que fechasse os olhos e aceitasse sua dádiva.

Duran realocou o fêmur e desceu um pouco mais. Quando chegou à base dos assentos, deu a volta e subiu os cinco degraus até o palco.

– Meu pai olhou para mim enquanto injetava o membro do culto e depois abraçou o macho, como se tudo o que eu tinha que fazer era me submeter às regras e todos os meus problemas sumiriam. Só que – ele riu com amargura – o cretino ainda bateria em minha *mahmen* e abusaria dela. Vi o macho inclinado junto a meu pai. Ele estava sorrindo... até não estar mais. Seus olhos se abriram. A parte branca ficou vermelha. E logo o sangue começou a verter. Pela boca quando ele tossiu. Pelo nariz. Pelas orelhas quando ele caiu de lado. A respiração foi saindo aos gorgolejos, e ele se contorceu, primeiro esticando a coluna, depois se enroscando em si mesmo. Ele sangrou... por toda parte.

Duran levantou o olhar para ela.

– E o pior de tudo? Meu pai recuou e pareceu chocado com tudo aquilo. Que porra ele achava que iria acontecer? Será que acreditava de verdade nas asneiras que dizia sobre transcendência? Nunca achei que acreditasse, mas talvez ele esperasse que um raio atravessasse o teto e banhasse o macho com a iluminação. – Houve uma pausa. – Foi então que eu soube que ele teria que se livrar de mim. Mesmo sem a questão da minha *mahmen*, eu testemunhara sua confusão e soube que ele só estivera inventando tudo. Vi por trás da cortina aquela noite e um mundo construído na ilusão de sua superioridade que eu não poderia suportar.

Ahmare começou a descer os degraus, imaginando todo o sofrimento. As pessoas a princípio estiveram sentadas nas poltronas, mas não permaneceram ali. Os ossos estavam nos corredores, nos espaços entre os assentos, nos degraus. Era difícil saber com certeza quais costelas iam com quais braços e se um crânio estava junto à espinha correta, visto que os corpos se entrelaçaram, talvez em busca do conforto um do outro ao perceberem, tarde demais, que a promessa não viria. Apenas a dor.

– Então este foi o dia do juízo final – disse Duran. – Mas meu pai não teria ficado para testemunhar. Eu sabia que ele tinha um plano de evacuação porque contara à minha *mahmen* e ela contou para mim. Ele nunca tivera a intenção de morrer com seu rebanho e planejava levá-la consigo. Ele costumava dizer: "Se as luzes vermelhas começarem a piscar, teremos três minutos para fugir antes que o complexo exploda. Virei para buscá-la". Acho que os explosivos falharam.

Quando chegou ao fundo, Ahmare sentiu vontade de vomitar. O sangue fluíra como um rio pelos corredores e se empoçara na base ao redor do palco, levado pela gravidade em direção ao ponto focal, a última oferenda para um deus mortal e maligno.

Suas botas deixaram pegadas, como se estivesse andando no lodo da margem de um rio seco – e ela pensou na cabeça decapitada de Rollie, no sangue dele sobre a terra, espalhando-se como o Rio Mississippi. Brilhara na noite. Estaria seco agora? Sim, e parte dele teria sido absorvida pela terra seca.

Olhou para Duran e não soube o que dizer. Tudo aquilo era informação demais.

Os olhos dele se voltaram para ela.

– Nunca soube o nome dele.

– O que disse?

– Do macho que morreu na minha frente. Nunca soube o nome de ninguém – bem, a não ser por Nexi, e ela me contou só depois que a levei ao *bunker*, quando me agradecia. Eu lhe disse que aquele era um trabalho de equipe, e isso era verdade. Foi ela quem encontrou a rota de fuga e o momento certo para fugir. Ela é brilhante assim.

Olhou ao redor mais uma vez.

– Sabe, minha *mahmen* costumava me dizer o nome do pai dela toda hora. Eu não entendia o motivo, mas agora… Acho que ela queria tê-lo dado a mim. Mas não conseguiu.

Ahmare sabia que ela nunca se esqueceria de como ele era, o filho crescido, com os cabelos cortados curtos com uma lâmina meio cega, os olhos cansados e sofridos, o imenso corpo magnífico e ainda assim ereto, apesar de todo o sofrimento imposto.

E também havia a coleira ao redor do pescoço dele, firme no lugar, com uma luz vermelha piscante.

Era o símbolo de tudo o que marcara a vida dele: Duran jamais fora livre. Sempre fora um prisioneiro.

– Qual era o nome do pai dela? – Ahmare perguntou rouca.

– Não importa mais. – Fez uma pausa. – Theo. Era... Theo.

Virando, ela subiu os cinco degraus e se juntou a ele no palco. A vista do ponto focal da arena era repulsiva, a magnitude das mortes, algo pertencente a pesadelos.

Como alguém pôde ter feito isso a outras pessoas?, ela se perguntou. Era assassinato, ainda que as pessoas do culto tivessem se prontificado a isso.

– Vamos atrás da amada agora – Duran informou. – Chega do passado.

Perdida na história dele, ela se esquecera de todo o resto, a não ser...

– Ah, Deus, a sua *mahmen* também foi fêmea de Chalen?

Ele deu uma risada breve, num rompante.

– Não.

– Mas então ela estará morta também, não? *Dhavos* deve ter matado a fêmea de Chalen também. Ou... será que partiu e a levou consigo?

Merda, seu irmão.

– Descobriremos. Por aqui...

– Espere. – Ela o deteve. – Primeiro isto.

Ele se virou com expectativa no rosto, como se estivesse pronto a responder a uma pergunta. Essa expressão mudou com rapidez quando viu que ela pegava o gatilho da coleira de dentro do seu coldre.

Colocando a caixa preta no chão entre eles, ela ergueu a bota acima do controle.

– Você merece a sua liberdade. Assim como qualquer pessoa.

Dito isso, pisou com a sola reforçada de aço com toda a raiva que sentia quanto ao que fora feito a ele, à *mahmen* dele e a todas as almas inocentes que morreram ali.

A caixa do controle se despedaçou. A luz vermelha na frente da coleira foi diminuindo.

Até apagar.

Era uma liberdade incompleta, lógico, pois Duran jamais se desvincularia das circunstâncias do seu nascimento ou dos atos terríveis do pai. Mas ele poderia escolher o caminho dali para a frente. Assim com ela escolhera após a morte dos pais.

Ninguém mais no leme.

– O que você fez? – ele sussurrou.

– Chalen que se foda – ela respondeu.

CAPÍTULO 24

– E quanto ao seu irmão?

Ao fazer a pergunta, Duran sabia que Ahmare já a havia respondido ao esmagar o controle da coleira de contenção. Mas ele queria se certificar de compreender bem o que ela queria dizer com isso.

– Vou salvar vocês dois. – Ela balançou a cabeça. – É assim que isto tem que terminar. Não aceito nenhum outro resultado.

Ele relanceou a vista para todos aqueles esqueletos e depois pensou nos corredores desertos da instalação. Parecia cruel mencionar que os resultados nem sempre eram aceitáveis. Que, às vezes, eram piores que inaceitáveis. Mas sentia gratidão pelo que ela estava fazendo por ele, o que aquilo sugeria... o que significava.

Um impulso de beijá-la lhe ocorreu, mas não ali. Não no espaço em que todas aquelas mortes aconteceram – seria o mesmo que transformar algo especial em mau agouro, como se o cenário fosse contaminar o contato.

– Obrigado – ele disse emocionado.

Ela agarrou uma das mãos de Duran e a apertou. Seus olhos estavam arregalados de emoção.

– Vamos fazer o que temos que fazer para sair logo daqui.

Duran assentiu e os conduziu para fora do palco pela direita, para os fundos da casa onde os equipamentos de luzes e audiovisual estavam cobertos de poeira, há tempos adormecidos. Imaginou, ao ziguezaguearem pelos diversos microfones e holofotes, que todo aquele equipamento devia estar ultrapassado a esta altura. Vinte anos depois, deve ter havido alguma evolução, certo? Assim como no carro de Ahmare, o estilo, os botões e as telas que ele não reconhecia nem entendia, deveria haver nova tecnologia, avanços e refinamento.

No entanto, isso não aconteceria com ele.

Duran sabia, em algum nível profundo que o fizera suportar o calabouço de Chalen, que não avançaria a partir dali. Não haveria nenhuma melhoria tecnológica para ele, nenhum avanço... nenhum refinamento.

Com ou sem coleira, com ou sem liberdade, sempre estaria entre os esqueletos dali na arena do pai, sua animação mortal, uma característica peculiar insatisfatória em relação aos mortos de *Dhavos*. Fazia sentido. Por mais que se movesse, sua alma, sua animação vital, morrera há muito tempo.

Nesse sentido, quer ele saísse ou não vivo dali, não faria a menor diferença.

– O alçapão fica por aqui – ele disse ao chamar Ahmare para descer uma escada apertada.

No fim dela, a porta estava trancada, mas ele inseriu a senha correta e a cerquilha, e houve uma movimentação dentro da porta e da parede.

Empurrando, acendeu a lanterna. O facho de luz penetrou a escuridão e refletiu ouro. Ouro profundo e reluzente.

– Meu Deus... – Ahmare sussurrou.

– Um saguão de entrada adequado a um deus, não acha? – Duran resmungou.

– É de verdade? – ela perguntou ao fitar a passagem.

– Acredito que sim. – Estendeu a mão e sentiu a parede fria e lisa ao toque. – Era exigido que todos entregassem as suas posses mundanas ao entrarem para o culto. Casas, carros, joias, roupas. Havia salas para a divisão desses bens no complexo, tudo era separado, avaliado para ser revendido.

– E pensar que eBay não existia na época.

– O que é eBay? – Relanceou os olhos por cima do ombro. – Eu era a única criança do complexo. Ele os obrigava a abandonar os filhos também, dizendo que esse sacrifício era necessário e de suma importância, mas acho que era, como tudo mais que ele dizia, um monte de asneira. Seu verdadeiro receio era que a preocupação com o bem-estar dos filhos pudesse, em algum momento, ser maior que a devoção que sentiam por ele. Inaceitável.

Não importava o cuidado com que apoiava as botas, o som dos passos reverberava pelo cólon de ouro que desembocava nos aposentos privativos do pai. Velhos hábitos de permanecer silencioso eram difíceis de superar, e ele ficou inquieto com o som.

– Eu era forte mesmo pré-trans – ele lhe disse. – E encontrei o duto de ventilação no nosso quarto, que me permitia andar pelo teto e observar a planta do culto e os horários de meditação e de preces. Quando encontrei a lavanderia e os mantos, pude até me movimentar à noite, me misturando aos demais. Observava por debaixo do capuz. Virei mestre em roubar coisas. – Ergueu o olhar para o teto folheado a ouro. – Aposto que, se você entrar nos dutos hoje, encontrará minhas roupas, as chaves do carro e os sapatos exatamente onde os deixei. Eu era um acumulador, e tudo servia para eu me equipar e à minha *mahmen* para quando saíssemos daqui.

– Quantas pessoas morreram naquele salão?

– Depende de quando ele ordenou que morressem. Havia mais de trezentas pessoas no culto quando fui levado daqui. Talvez tenha continuado a crescer, não sei. Talvez tenha diminuído. Depende de quando ele deu a cartada do dia final. Decerto queria fazer o rebanho crescer. Havia uma expansão das instalações em andamento – ele deu um tapinha na parede – uns dois anos antes de eu sair. Foi assim que eu conheci os operários que construíram o *bunker* e lhes paguei com o dinheiro que peguei do cofre dele.

– Ele permitia que os humanos descessem aqui?

– Que escolha ele tinha? Se usasse os membros da nossa espécie e isso chegasse a Wrath e ao Conselho? Ele teve que usar humanos e lhes pagava bem o bastante para que não fizessem perguntas, trabalhassem à noite e ficassem quietos nos seus cantos.

Chegaram a uma porta de ouro maciço. Quando ele inseriu a senha e a cerquilha, engoliu o nó formado na garganta.

E, então...

Depois que a trava soltou, empurrou o painel pesado e apontou a lanterna para a escuridão.

– Puta... merda – Ahmare sussurrou.

Era Creed Bratton do seriado *The Office*, Ahmare pensou ao entrar num quarto suntuoso. Ligando a lanterna do seu celular, passou o facho ao redor.

O luxo inimaginável fez com que se lembrasse de Creed olhando para a câmera e dizendo: "Já me envolvi em inúmeras seitas. Você se diverte mais sendo um seguidor. Mas ganha mais dinheiro sendo o líder".

A julgar pelo modo como aquelas pobres almas morreram na arena, a primeira parte da frase sem dúvida era mentira, e ela odiou que seu cérebro tivesse pensando em algo tão cultura pop, porque parecia desrespeitoso para aqueles que perderam a vida. Mas, ao ver as paredes de seda em tom pastel, as cortinas de seda ao redor da cama redonda e os lençóis de cetim com o mesmo perfil que fora entalhado nas portas duplas de entrada da arena, ela concluiu que "mais dinheiro sendo líder" evidentemente se aplicava neste caso.

Nada de linóleo ali. O carpete era grosso e refinado e...

– Os murais – ela disse ao mover a luz.

Um cenário enorme de um jardim, com fonte no meio e pássaros voando, com canteiros floridos, decoravam o gesso liso, e era óbvio que fora pintado por alguém que sabia o que estava fazendo. E como se aquilo não fosse apenas uma criação artística, mas uma janela aberta ou um arco que dava para o lado externo, a imagem era guarnecida por cortinas de tecido amarelo adamascado puxadas para trás, de modo a não bloquear a "vista".

Uma representação de Utopia, uma não realidade bela das horas do dia e impossível para um vampiro que, no entanto, cativava.

Era semelhante à nota de deuses falsos que *Dhavos* vendera à sua congregação.

– Você quer a amada de Chalen – Duran disse. – Aqui está ela.

Ela girou, abaixando o facho de luz de modo a não cegá-lo. Duran estava próximo à cama, parado junto a uma caixa de vidro emoldurada presa à parede.

Quando Ahmare se aproximou, concentrou-se no que ele iluminava. Havia algo atrás do vidro… algo que brilhava.

– Uma pérola? – sussurrou. Logo se lembrou do corpo decrépito do Conquistador em seu trono. – Claro. A coroa de Chalen está vazia bem no centro… e isso é o que ficava lá.

– *Dhavos* não era apenas um líder espiritual, ele era um homem de negócios bem-sucedido, um traficante de drogas, e Chalen era o intermediário na venda de heroína e cocaína, fazendo com que o produto chegasse às ruas depois que o meu pai trazia a mercadoria para dentro do país. Eu costumava ouvi-los, dos dutos, conversando sobre os negócios pelo telefone. Os carregamentos. As entregas. Era necessário ter dinheiro vivo para pagar os grandes contratos internacionais, e *Dhavos* tinha liquidez graças ao fato de a sua congregação lhe entregar todos os seus bens materiais. Ele e Chalen tinham uma sociedade lucrativa até acontecer algum mal-entendido. Em retaliação, meu pai se infiltrou no castelo de Chalen e levou aquilo que o macho mais amava. A pérola. Como meu pai conseguiu fazer isso, não faço a mínima ideia.

Duran cerrou o punho e socou o vidro, quebrando a frágil barreira. Estendendo o braço, pegou a pérola e a entregou, como se a inestimável criação de uma ostra não significasse nada.

E para ele, supôs, não significava mesmo.

Para ela, com os contornos frios e irregulares da pérola barroca acomodados na palma, era como se estivesse segurando a vida do irmão na mão.

Não vou perder isto, ela pensou ao enfiá-la dentro do sutiã esportivo.

Duran disse ao inspecionar uma das outras "janelas" com a lanterna:

– Acho que o meu pai imaginou que estaria matando dois pássaros com uma cajadada só ao me largar na soleira de Chalen...

De repente, uma linha de luz, algo que se veria sob uma porta, surgiu no canto oposto. Como se houvesse outro quarto do lado de fora... e alguém tivesse acabado de ligar o interruptor.

– Fique aqui – Duran ordenou quando ambos se viraram naquela direção e ele desligou a lanterna.

Quando o quarto mergulhou na escuridão, Ahmare não discutiu, ainda que não fosse por ter qualquer intenção de seguir suas ordens. Em vez disso, sacou a arma e se preparou para ir atrás dele.

– Desligue a luz – ele sussurrou sem olhar para trás. – Para que não a vejam quando eu abrir a porta. E fique de lado para permanecer na sombra.

Bom conselho, ela pensou ao desligar a lanterna. Melhor ficar escondida o máximo que conseguisse antes de entrar naquele outro cômodo.

Para sair do caminho iluminado, recuou alguns passos, apoiando-se na parede. Depois prendeu a respiração, quando Duran se preparou para abrir a porta e saltar sobre quem quer que...

Bem quando Duran escancarou a porta e avançou no outro quarto, um som suave atrás dela chamou sua atenção.

Não teve tempo para reagir. O capuz que surgiu sobre sua cabeça cheirava a lã velha e, antes que conseguisse gritar, uma mão pesada e brutal a calou, sua arma foi tomada e um braço grosso a prendeu pela cintura.

Com eficiência brutal, ela foi levada embora.

Capítulo 25

Quando Duran escancarou a porta, manteve o corpo fora do caminho como medida de segurança...

No instante em que captou o cheiro no ar, voltou à vida, com os instintos rugindo, as possibilidades preenchendo-o de dentro para fora. Era o mesmo tipo de descarga de energia que sentira ao tomar da veia de Ahmare, com força e propósito retornando.

Seu pai ainda estava vivo.

Seu pai *ainda* estava no complexo.

Quando os olhos de Duran se ajustaram à luz forte, quis guardar a arma para que o ataque fosse mais pessoal. Mas manteve a quarenta milímetros à mão para o caso de o macho estar armado – embora não estivesse preocupado com outra pessoa, pois não sentia outros cheiros no ar. *Dhavos* estava sozinho.

– Pai – ele chamou num grunhido baixo. – Não vem receber seu filho?

Duran olhou ao redor e, no mesmo instante, nada mais importou.

A luxuosa antecâmara para o quarto de *Dhavos* fora desprovida de todos os acessórios dourados e acolchoados. Só havia uma peça de mobília ali.

O catre de sua *mahmen*. E sobre ele havia... um esqueleto, o crânio depositado sobre um travesseiro de cetim, lençol limpo puxado com cuidado até as clavículas, uma coberta dobrada com esmero sobre as pernas. Junto aos restos mortais, no chão, havia cobertas emboladas. Uma fatia de pão meio comida. Garrafas de água com rótulos "Poland Spring". Um livro.

Diversos livros.

Duran tropeçou no espaço de outro modo vazio e caiu de joelhos junto ao catre. Os cabelos de sua *mahmen*... os longos cabelos negros... haviam sido preservados, amarrados numa trança que jazia ao lado, presa por uma fita de cetim.

– *Mahmen*... – sussurrou. – Estou aqui. Vou levar você daqui...

Os buracos das órbitas fitavam o teto meio de lado, e a mandíbula fora amarrada no lugar por um amador com o que parecia ser... fio dental. Fio dental fora passado ao redor das articulações das mandíbulas para manter os dentes juntos.

– Sinto muito, *mahmen*. – Pigarreou. – Não fui rápido o suficiente. Não consegui organizar tudo rápido o bastante. Me desculpe.

A dor de ver os restos mortais dela e sentir seu fracasso em salvá-la era tão grande que Duran não conseguia respirar e logo não conseguia mais enxergar em meio às lágrimas. Abaixando a cabeça, tentou ser como um macho deveria, como ela merecia, alguém forte e capaz. Alguém merecedor do amor que ela tão inexplicavelmente lhe dedicara.

Contendo-se por força de vontade, porque Deus bem sabia que as emoções eram tantas que seu corpo mal as continha, aprumou-se e enxugou o rosto na manga da camisa.

– Vou te tirar daqui.

Enquanto tentava pensar, puxou as cobertas mais para cima, como se ela ainda estivesse viva e pudesse sentir o ar frio, e ele pudesse dar um jeito nisso. E, ao fazer isso, bateu no catre e deslocou o que fora acomodado com cuidado no travesseiro.

O crânio caiu de lado, para ele, os globos oculares vazios virando na sua direção.

Duran logo ajeitou as roupas e os cabelos.

Como se ela ainda conseguisse ver seu precioso filhinho. Que já não era mais uma criança, pouco importando quantos anos tivesse, e jamais fora precioso, apesar de ela lhe dizer isso repetidas vezes.

– Eu te amo, *mahmen* – sussurrou.

Pôs a mão onde imaginou que a dela estivesse debaixo das cobertas e a grande divisória entre os vivos e os mortos nunca lhe foi mais clara. Ela jamais ouviria as suas palavras; nem ele, as respostas dela. Nenhum toque. Nenhum sorriso compartilhado.

Nenhum futuro, apenas o passado.

E não havia como cruzar aquela caverna para manter contato, pelo menos não enquanto estivesse vivo, mas tampouco, provavelmente, quando morresse.

Afinal, seu pai estivera errado sobre tudo o que contara à congregação. Por que não seria o mesmo sobre os rumores quanto ao Fade? As tradições da Virgem Escriba?

Não se podia confiar em nenhum líder imortal. Muito menos num mundano.

Inspirando fundo, viu as garrafas e na mesma hora voltou a se concentrar.

Seu pai estava vivo.

Maldito, o filho da mãe estava vivo e em algum lugar ali embaixo.

– Ahmare – ele a chamou ao se levantar. – Vamos tirá-la daqui com a amada.

Precisava que ela estivesse segura e a caminho do castelo de Chalen antes de ir atrás de *Dhavos*. Não sabia em que condições o pai estaria, mas não podia se arriscar com Ahmare. Também não queria ser distraído.

– Ahmare. – Sem dúvida ela estava lhe dando privacidade. – Pode entrar.

Intrigado, olhou por cima do ombro na direção da porta aberta e da escuridão do quarto.

– Ahmare?

Sirenes de alerta começaram a tocar na sua cabeça quando ele acendeu a lanterna na direção da entrada.

Antes que o facho tivesse feito a varredura completa, ele já sabia que ela não estava mais ali.

– Ahmare!

Capítulo 26

Ahmare se debateu contra seu captor com todas as forças de que dispunha, girando e chutando, socando. E teria levado as presas para a festa, mas o saco sobre a cabeça a impedia. Os grunhidos, como se tivesse cansado o macho que a arrastava por um espaço apertado, ficaram mais altos.

Quando ele a golpeou com força na lateral da cabeça, ela viu estrelas, uma galáxia explodindo no espaço claustrofóbico do capuz.

Relaxar foi, a princípio, não uma opção, mas uma necessidade irresistível, as pernas pareceram perder os ossos, os braços penderam, a cabeça enevoou. Mas, quando o macho continuou a arrastá-la, ela poupou as forças e contou que ele se atrapalharia com seu peso.

Houve uma pausa. Em seguida, uma corrente de ar, como se estivessem passando por um portal trancado.

Depois disso, ela foi jogada no chão e algo foi fechado.

Respiração. Uma respiração pesada, não a sua. E luz. Através do capuz pesado, ela percebia uma fonte de luz.

Quando ele a agarrou de novo, pegando-a por um dos pulsos, ela se libertou do ataque, sabendo muito bem que ele pretendia amarrá-la, e isso não poderia acontecer. Girando ao redor dele, voltou à vida e chutou com tanta força que bateu a base da coluna no chão duro e pensou que poderia tê-la partido ao meio.

Mas o acertara em cheio. Só podia ter sido no peito ou no abdômen.

O impacto o fez voar – só podia ter sido alçado no ar devido ao baque forte ao aterrissar –, e aquela pancada? Rezou para que tivesse sido com a cabeça.

Ahmare se moveu com rapidez, tirando o capuz e levando a mão para uma das facas – só que estava desarmada. De alguma maneira, ele as tirara. Ela deve ter desmaiado, então.

Os olhos se viram momentaneamente ofuscados pela luz. Quando isso foi resolvido, viu um macho imenso vindo na sua direção, com trapos em lugar de roupas, mechas de cabelos brancos em meio aos negros longos.

Ele se parecia com Duran. Um alter ego mais velho, ensandecido e emaciado.

Com as presas expostas.

Ahmare deu um salto para se levantar, sabendo que uma briga no chão seria mais difícil para ela devido ao peso dele. Contando com a força das coxas, ajeitou a postura. Estavam num depósito, com montes de cadeiras de madeira empilhadas e mesas de reunião nas laterais. As luzes acima piscavam como as dos corredores antes, o efeito estroboscópico fazendo com que parecessem se mover em câmera lenta.

– Meu filho arranjou uma fêmea – disse *Dhavos*. – E ela é uma ladra. Ou acha que não sei o que roubou de mim?

Dhavos a atacou de frente, partindo com as mãos para sua garganta, os braços esticados. Abaixando-se, desviando e girando, ela se pôs atrás dele e o empurrou, impulsionando-o em seu próprio movimento, criando uma onda de força que ele teve de surfar mesmo quando tentou parar. *Dhavos* se chocou contra uma das pilhas de cadeiras como uma bola de boliche, derrubando tudo, fazendo pedaços voarem pelos ares.

Ele se recuperou rápido, apoiando-se nos pés descalços, soltando a perna de uma cadeira que se tornou uma estaca. Uma encenação real de vampiros de Bram Stoker quando ele a atacou de novo, com aquele pedaço de madeira de ponta partida erguido acima do ombro.

Ahmare arranjou algo melhor para si. Apanhou uma cadeira e apontou as quatro pernas para ele, mantendo-o afastado como se ele fosse um leão, redirecionando o impulso dele mais uma vez para fazê-lo adernar. O equilíbrio do macho era ruim, muito provavelmente porque vinha sobrevivendo à custa de sangue inferior – de humanos, de cervos –, mas estava motivado. Batendo numa mesa, continuou segurando a arma e voltou a se lançar sobre ela.

O truque era fazer com que ele continuasse atacando. O macho podia estar magro, mas estava na cara de onde Duran herdara sua estrutura muscular, e, uma vez que todos aqueles músculos se punham em ação, a força física dele se tornava uma fraqueza a ser explorada por ela.

Desta vez, quando ele avançou, Ahmare saltou para longe da trajetória e acertou em suas costas com a cadeira, a força empregada no golpe tão grande que acabou arrancando o assento do encosto.

E também fez com que a pérola saltasse para fora do sutiã esportivo.

A amada de Chalen caiu da base de sua jaqueta e bateu no chão, o lampejo iridescente ao quicar para longe, chamando sua atenção, porque ela acreditou que *Dhavos* tivesse encontrado uma faca qualquer.

Ahmare mergulhou atrás da pérola.

E *Dhavos* se ergueu outra vez.

Ela chegou ao chão deslizando, com a mão estendida.

E ele a apunhalou.

CAPÍTULO 27

Duran conheceu um novo tipo de terror – o que queria dizer muito – enquanto passava o facho de luz em um ritmo frenético pelo quarto que, sim, estava mesmo vazio.

Ela não o teria abandonado. Ele sabia disso no fundo da alma. De jeito nenhum Ahmare teria pegado a pérola e fugido sem lhe dizer nada. E depois se lembrou da luz que se acendera na antecâmara...

Seu pai. Seu pai acendera a luz, criando uma distração... e deve ter vindo por alguma passagem escondida para levá-la sem fazer alarde.

– Ahmare! – Duran berrou.

Pegou a primeira coisa que viu – uma cômoda – e a lançou pelo quarto, a madeira se partindo ao afundar um dos murais de jardim. Ao gritar o nome dela de novo, sentiu vontade de destruir aquele lugar, arrancando as cortinas, quebrando a cama, estilhaçando as janelas.

Duran forçou a raiva a recuar em sua mente porque isso não o ajudaria a encontrar a sua fêmea. Tentando se apegar à lógica, voltou à passagem dourada, para o caso de o pai ter entrado por trás. Não havia cheiro algum ali. Eles não foram por ali, então devia haver uma passagem secreta. Concentrando-se na parede atrás do local onde Ahmare estava antes, procurou por alguma junção... um arranhado no chão... um...

No mural que ela estivera observando pouco antes de a luz ter sido acesa, havia a pintura de uma porta na lateral, como se o observador pudesse passar por ela para ir para a outra parte daquela propriedade fictícia.

Aproximando a lanterna da parede, encontrou um recorte que acompanhava os contornos do portal desenhados pelo artista, algo real em meio à ilusão.

Duran recuou. Deu três saltos.

E se chocou contra a "porta".

O painel de acesso cedeu, o gesso que cobria o suporte de madeira se esfarelando sob o impacto, e ele se freou antes de cair de cara no chão do corredor de passagem logo atrás.

Os cheiros eram inconfundíveis. Mais do que isso, agora que ele se acalmava, conseguia rastrear Ahmare por causa do sangue que bebera dela, localizando-a como se o corpo da fêmea tivesse um farol acoplado.

Não só ela passara por ali, como isso não fazia muito tempo.

Iluminando o caminho à frente, seguiu correndo pelo espaço apertado até encontrar as armas e as facas descartadas uns dez metros adiante, como se tivessem sido tiradas dela às pressas. Quase as deixou ali. Mas, por maior que fosse a sua pressa em encontrá-la, enfiou as duas automáticas no cinto e deixou a faca de caça e a corrente para trás.

Prosseguindo, com o coração martelando, chegou ao fim da passagem e não perdeu tempo. Virando o ombro contra a parede sólida, deu uns passos para trás para ganhar impulso, como fizera antes, e se lançou contra o painel...

Como uma marreta batendo num painel de aço, em vez de atravessá-lo, seu corpo foi lançado para trás, voando.

Aterrissando de bunda, deslizou pelo concreto no chão, perdendo a lanterna, e o facho de luz foi acabar num ângulo estranho que iluminava o painel.

De pé outra vez, fez uma segunda tentativa. Como se o painel tivesse melhorado seus golpes, Duran foi lançado ainda mais para trás, o ar sendo expelido dos pulmões quando bateu no chão.

Senha, seu idiota.

Ao recobrar o fôlego, viu, com a luz da lanterna, que havia um painel de controle à esquerda, e se apressou para ele. Inserindo os seis dígitos, apertou a cerquilha...

Do outro lado, ele distinguiu, com os ouvidos aguçados, sons de luta.

O que era bom. Significava que ela estava viva.

Empurrou o painel. Nada cedeu.

Inseriu o código de novo, batendo com o punho para que Ahmare pudesse ouvir que estava atrás dela...

A tranca não cedeu. A senha que tinha não funcionava.

Quando Ahmare deslizou de barriga para baixo no chão, sentiu a perna da cadeira entrar nas carnes do seu ombro.

A penetração foi tão profunda que seu movimento foi contido pela estaca de madeira que a prendia ao linóleo.

Mesmo em meio à dor, ela continuou concentrada na pérola, esticando-se, esforçando-se. Centímetros, era uma questão de centímetros.

– É só isso o que você quer? – *Dhavos* disse em meio a arquejos. – A amada imprestável de Chalen?

Impacto de trovão. Do outro lado da parede. Como se alguém se tivesse chocado contra ela com o corpo inteiro.

Duran, ela pensou.

Houve um súbito silêncio, como se o pai tivesse notado a presença do filho. Mas, em seguida... uma inspiração. Uma inspiração longa e demorada.

– Santa Virgem Escriba – *Dhavos* sussurrou com veneração.

– Pensei que só acreditasse em si mesmo – ela murmurou.

Outro impacto, tão alto que ela podia jurar que Duran atravessaria o gesso.

– Não – disse o pai de Duran. – O seu sangue... faz tanto tempo para mim. Uma alimentação adequada.

Murros agora, como se Duran socasse a parede do outro lado.

– Ele está vindo atrás de você – ela profetizou. – Deixe-me ir, e fuja para se salvar. Já vi como ele fica quando ataca, e, eu juro, você não sobreviverá.

A risada acima dela era pura maldade.

– Não estou preocupado. Essa é uma porta de aço. Ele não passará por ela. Portanto, temos tempo mais que suficiente para nos conhecermos melhor.

De uma vez só, a estaca foi retirada e ela se viu livre – pelo menos do chão. Mas, antes que conseguisse se virar de costas para atacá-lo, *Dhavos* a prendeu pela nuca e a empurrou com tanta força que Ahmare acreditou que seu rosto seria esmagado.

Sucção. No seu ferimento.

O bastardo estava bebendo o seu sangue.

Ahmare sentiu uma onda de força tomando conta dela e, de repente, não importava mais que ele fosse um macho e fosse mais forte e pesasse mais do que ela. Plantando as palmas no chão, executou a flexão de todas as flexões, erguendo o peito e o corpo em cima dela do chão. Tão grande era a sua raiva por ele roubar seu sangue que também ergueu os joelhos debaixo de ambos.

Em seguida, emitiu um rugido e lançou o pai de Duran para longe de si, jogando-o sobre as pilhas de cadeiras.

Estava em cima dele num piscar de olhos, atacando-o com as presas e arrancando um naco na lateral do pescoço dele – só que ele não lutou. Estava relaxado e deitado exposto, os olhos enlevados ao fitá-la, sua reação cativando-o de uma maneira profana.

Pois é, ela o curaria disso rapidinho.

Meteu-lhe uma joelhada nas bolas com tanta força que ele se sentou como um colegial obediente, amparando o que fora atingido, os olhos esbugalhando de dor.

Ela quis continuar batendo.

Mas tinha de reaver a amada.

Tropeçando, escorregando no próprio sangue empoçado no chão, voltou para onde estivera quando ele a atingira. Onde diabos ela estava?

Espiou por sobre o ombro. *Dhavos* estava onde o deixara, enrolado em si mesmo e tossindo.

Apoiando-se nas mãos e nos joelhos, ela tateou pela bagunça do chão. A pérola deve ter sido empurrada. Para baixo do caos das cadeiras.

– Maldição...

O baque veio de cima, com parte do teto se soltando, algo enorme despencando através de um buraco, trazendo todo tipo de encanamento junto.

Duran aterrissou como um super-herói, plantando as botas no chão, o corpo pronto para brigar, com metade daquela parte da ventilação caindo pelos ombros e depois batendo no chão.

O som que ele emitiu foi o de um T-rex, sacudindo as fundações do complexo.

Atrás dele, o pai deu um salto e desapareceu, saindo por um buraco na parede que surgiu como um cão de caça convocado, a rota de fuga se fechando após a passagem dele como se nunca tivesse existido.

– O seu pai! – Ela apontou para o outro lado do cômodo. – Ele foi por ali!

Capítulo 28

O cérebro de Duran o mandou ir atrás do pai. Conseguir a sua vingança. Dilacerar o macho em pedaços e comer alguns deles.

Mas seu corpo se recusou a se mover no instante em que captou o cheiro do sangue de Ahmare no ar.

— Você está ferida!

Ela caiu no chão. Como se tivesse desfalecido.

— Você está morrendo...

— A pérola! — Ela olhou por cima do ombro. — Estou tentando encontrar a amada! Ela caiu enquanto lutávamos...

— Ele a esfaqueou!

Ambos gritavam no silêncio enquanto Ahmare tateava pelo chão, com Duran de pé ao lado dela. E ela se tornando cada vez mais agitada enquanto procurava sem nada encontrar, e ele se enraivecia.

Duran se ajoelhou e a segurou pelas mãos, fazendo com que Ahmare se concentrasse nele. Com o coração acelerado, ele avaliou as pupilas dela, o tom de pele, a respiração.

— Você está sangrando.

— Não sinto nada...

— Está em choque...

— Tenho que encontrar a pérola. — A voz dela vibrava com urgência. — Não posso voltar sem ela. Vá atrás do seu pai!

Duran olhou ao redor do depósito.

Um caminho de destruição fora criado nas pilhas de cadeiras, como se um corpo tivesse sido jogado nelas. Faixas vermelhas tingiam o chão. Havia uma trilha de gotas de sangue também, uma que terminava na parede.

Seu pai. Fugindo.

– Vá – ela disse com pressa. – Eu vou encontrar a pérola e sair daqui. Você me instruiu: devo seguir os corredores retos, não os curvos, e tenho as senhas para abrir as portas. Se você for atrás dele agora, conseguirá alcançá-lo. Talvez pelo teto de novo?

Ele pensou na ossada da mãe naquele catre e no modo como o crânio pareceu olhar para ele.

– Duran, vá. É pra isso que você veio. Vou ficar bem.

Seus olhos se voltaram para Ahmare. O sangue do ferimento no ombro pingava pela parte de baixo da jaqueta. Com que diabos o pai a atingira? O buraco no tecido leve e à prova d'água era grande demais para ter sido uma adaga.

– Vou ficar bem – ela repetiu com uma calma súbita. Porque, pelo visto, esse era o único fim que ela poderia considerar.

Pelo tempo de que se lembrava, ele sempre presumira que sua vida se resumiria àquele momento, um instante crucial em que um ciclo se fechava… no qual ele enfiaria uma faca no coração negro do pai. Ou partiria o pescoço do macho. Ou atiraria em seu rosto.

O método não era importante e, em suas fantasias, sempre era diferente. Mas esse ponto sem volta, quando a morte levaria seu pai para o *Dhunhd*, esse sempre seria o momento de definição de Duran, ao que o fardo de sua vida se resumiria, seu acontecimento produtivo.

Foi um choque perceber que estivera errado sobre isso.

Seu momento de definição na verdade se resumia a ajudar ou não uma fêmea que conhecia há pouco mais de vinte e quatro horas… ou se a deixaria para cumprir o destino que declarara como seu.

Não houve dúvida.

Duran caiu ao lado dela.

– Você procura desse lado, eu procuro daquele. Não vamos embora até encontrarmos a amada.

Ela hesitou apenas um segundo, mas ele não conseguiu decifrar sua expressão. Estava ocupado demais tateando o linóleo claro, tentando encontrar uma pérola que tinha uma cor muito parecida com a do piso, num cômodo recoberto de entulho e com luzes fosforescentes piscando no teto.

Não pensou no pai. Haveria tempo para isso mais tarde.

Nesse instante, ele só se preocupava com a pérola. Só com o que Ahmare precisava para libertar o irmão.

Passando os olhos da direita para a esquerda, usando as mãos para percorrer o chão, moveu-se rápido, porém com atenção, procurando... procurando... procurando. Quando chegou a uma cadeira largada, levantou-a e a jogou para trás. E chegou a um buraco no chão.

Um lugar em que algo fora enterrado no linóleo.

O sangue de Ahmare marcava o ponto de impacto. E havia mais sangue ao redor, fazendo com que Duran pensasse nas mortes na arena. Mas tinha de se desviar disso. Precisava deixar de pensar em como ela fora ferida ou sua cabeça explodiria, a tensão entre seu amor por essa fêmea e seu...

Seu amor.

Por essa fêmea.

Duran relanceou a vista para ela. A cabeça escura estava abaixada, o sangue fresco deixava um rastro à medida que ela seguia em frente, sua determinação tão impetuosa que ele estava convencido de que Ahmare poderia erguer a montanha inteira sob a qual estavam localizados só para encontrar o que procurava.

Ele a amava. Provavelmente desde o momento em que ela chegara ao calabouço.

Retire o "provavelmente".

A fragrância almiscarada que emanara do corpo após a entrada dela no calabouço deveria ter sido a sua primeira pista. Mas fossem quais fossem os incrementos depois disso, agora era a conscientização...

Mudando o tronco de posição, abaixou a mão para se equilibrar.

Uma pequena protuberância foi percebida sob sua palma.

– Achei!

Ahmare se virou ante o grito de triunfo de Duran e sentiu em seu ombro ferido uma fisgada violenta – não que ela ligasse para isso.

– Graças a Deus!

Encontraram-se no meio do depósito, com os braços estendidos um para o outro enquanto ele segurava a amada entre o indicador e o polegar. Ela o beijou sem pensar, e ele retribuiu o contato sem hesitação, as bocas se fundindo numa onda de alívio.

Quando ela recuou, pareceu confusa.

– Por que está olhando para mim assim?

Duran se limitou a permanecer ali de pé, fitando-a. Depois pareceu se libertar de qualquer que fosse o lugar em que estivera na mente e pressionou a pérola na mão dela.

– Vou te mostrar para onde você deve ir. Só pra eu ter certeza de que saiu daqui.

A realidade de que estavam se separando a atingiu quando ele a levou para a porta. Ela não tinha uma solução para o que aconteceria quando voltasse sozinha para o castelo de Chalen. Imaginou ter pensado que Duran iria com ela agora e que eles poderiam derrubar o Conquistador juntos. Mas ele tinha contas a acertar ali.

Quando guardou a pérola no bolso da jaqueta, fechando o zíper, resolveu que Chalen teria de ficar satisfeito com a amada. Contanto que tivesse a maldita pérola, Ahmare tinha como barganhar. Isso teria de bastar.

Antes que ambos pudessem ir para o corredor, Duran lhe devolveu suas armas, e ela ficou grata pelo fato de o pai dele não lhe ter tirado o cinturão de munição. Verificou os dois clipes das armas e depois assentiu quando ficou pronta.

Duran permaneceu onde estava por outro longo momento, os olhos passeando por suas feições. De súbito, ela entendeu o que ele estava fazendo.

– Não – Ahmare disse. – Esta não é a última vez. Você está me ouvindo? Esta não é a última vez em que nos vemos. Vamos nos encontrar... de alguma maneira. Em algum lugar. Isto não é o fim.

Ele amparou seu rosto entre as mãos, os polegares afagando-lhe a face. Depois, pressionou os lábios nos dela e se demorou ali.

Tudo foi dito naquele beijo. Ainda que nenhuma palavra tenha sido pronunciada, tudo foi expresso, o desejo e a tristeza, o comprometimento que não incluía um futuro, o desejo de ambos os lados de que tudo aquilo tivesse sido diferente.

O começo, o meio e o fim deles.

Tudo isso.

– Por favor – ela sussurrou.

Foi toda a argumentação que ela conseguiu fazer contra uma inevitabilidade que quase a matava. Mas não houve tempo para se demorar nas emoções.

Acima deles, luzes vermelhas começaram a piscar e, ao longe, uma sirene começou a tocar.

CAPÍTULO 29

Duran ergueu o olhar para as luzes vermelhas e quis esmurrar uma parede.

– Filho da mãe!

Em seu cérebro, triangulou onde estavam e rezou como nunca que soubesse com precisão onde o depósito ficava. Havia alguns deles no complexo – ou existiram vinte malditos anos antes.

Agarrando o braço de Ahmare, puxou-a pelo corredor e disparou a correr. À diferença das luzes fluorescentes que se mostraram inconstantes, muitas apagadas, as luzes vermelhas, também embutidas no teto, estavam fresquinhas como uma maldita margarida, nenhuma apagada ou falhando, sua força sobrepondo-se à iluminação mais fraca e deixando tudo manchado com a cor do sangue.

O que parecia adequado.

Quando chegaram ao corredor que estivera procurando, Duran os apressou de volta à sala tomada por traças e para a entrada pela qual invadiram. À medida que disparavam pelos corredores lado a lado, ele contava os segundos dentro de sua cabeça. Três minutos não eram nada quando sua vida dependia disso – e menos ainda quando você precisava salvar alguém.

Ainda havia um minuto e quarenta segundos restantes quando ele chegou à porta pela qual haviam entrado, aquela com a senha, aquela que ele deixara aberta para os guardas de Chalen, que ainda não tinham aparecido.

– Venha comigo – Ahmare pediu quando ele parou. – Iremos juntos atrás do seu pai.

– Não é por isso que vou voltar. – Ele a beijou com força. – Não vou deixar os restos mortais da minha mãe aqui.

– Posso ajudar! – Quando ele sacudiu a cabeça, ela o agarrou pelo ombro. – Duran, você não vai sair daqui vivo.

Ele a fitou em seu pânico, em sua dor, e desejou que houvesse um destino melhor para ela, para eles.

– Estou em paz com isso. – Fitou o rosto de Ahmare uma última vez. – Eu te amo. Eu queria que houvesse mais para nós...

– Venha comigo!

– Vá! Vou te encontrar.

Era uma mentira, claro. As chances de ele chegar àqueles ossos e sair a tempo? Menos que zero – e ele sabia muito bem que ela fazia os mesmos cálculos na mente.

Ahmare fez uma pausa por um último segundo.

– Não vou te esquecer. Prometo.

Ele fechou os olhos quando uma dor o atravessou. Quando voltou a abri-los, ela entrava pelo túnel de fuga.

Ahmare não olhou para trás e isso o confortou. Ela era uma lutadora e iria sobreviver – e quase lamentava por Chalen. O Conquistador não sobreviveria ao que a fêmea lhe faria.

Virando-se, Duran disparou numa corrida que o levava de volta aos aposentos de *Dhavos*.

Não poderia deixar os ossos da sua *mahmen* para trás – mesmo que, tecnicamente, ela já não estivesse mais lá. A cerimônia do Fade aconteceria ou ele morreria tentando fazer o que precisava ser feito.

Ele podia ter sacrificado sua chance de matar o pai para salvar Ahmare.

Mas isso era diferente.

Ahmare correu pelo corredor de fuga, como se sua vida dependesse disso porque... claro que dependia.

E encontrou o primeiro dos corpos na metade do caminho até a porta de aço. Era um dos guardas de Chalen, enrolado de lado, inerte, o cheiro de sangue pungente, como se a garganta tivesse sido cortada.

Não perdeu tempo verificando os detalhes com a lanterna do celular.

O som do alarme diminuía à medida que ela se afastava, mas isso era devido ao distanciamento, não à possibilidade de uma detonação. Saltou por cima de um segundo corpo. Outro guarda. Mais sangue. E um terceiro.

O quarto estava bem ao lado da porta, com o sangue empoçado ao redor do cadáver que esfriava.

Só havia uma explicação: enquanto o pai de Duran escapava, se dera bem com uma faca, mesmo em seu estado enfraquecido.

Ele também fechara a porta de aço, e as mãos de Ahmare tremiam enquanto ela mirava a luz para o teclado e apertava a sequência de números.

E o jogo da velha.

Os olhos de Ahmare estavam marejados, e o coração batia irregular enquanto ela rezava para que a...

O rugido soou abafado a princípio. Muito distante, como um trovão a quilômetros de distância. Mas o solo tremeu sob seus pés.

– Maldição! Abra! – Ela digitou a senha e a cerquilha de novo. – Vamos!

Outro rugido, mais tremores, e agora apareceram rachaduras no túnel, uma poeira fina descendo e ardendo em seus olhos.

– Você tem que abrir! – Quando ela tentou uma terceira vez, os olhos se encheram de lágrimas ao lembrar de Duran fazendo exatamente a mesma coisa.

Mas talvez essas fossem as palavras mágicas necessárias, porque a trava da porta se abriu, a fechadura a ar sibilou e Ahmare escancarou o painel de metal.

Barras. Havia barras bloqueando a saída. Barras haviam descido e estavam cobertas por uma malha de aço, o que significava que ela não poderia se desmaterializar para fora.

Estava presa, quer porque o pai dele soubera que esse era o caminho pelo qual tentariam sair, quer porque aquilo era parte do cenário do juízo final, uma garantia de que, se a cicuta não funcionasse em todos, não haveria sobreviventes.

– Não! – ela gritou quando parte do teto desabou em sua cabeça.

CAPÍTULO 30

Ahmare puxou as barras. Arranhou a malha de aço. Gritou frustrada e deixou o celular cair, porque precisava das duas mãos para tentar sair pela malha mais do que precisava de luz.

As explosões se aproximavam, e o desmoronamento que acontecia na colônia criava uma correnteza de vento quente que lhe pressionava o corpo. O cheiro de pólvora e de produtos químicos, de queimado elétrico e de terra, de linóleo pegando fogo e de madeira também a fez entrar em pânico como um animal acuado.

Não acreditava que morreria assim. Ali, quase tendo escapado, à beira da liberdade e da segurança.

Ahmare gritou de novo apesar de saber que ninguém a ouviria, o calor a fazia suar debaixo da jaqueta, a mente se dividindo como se uma parte tranquila sua a assistisse se debatendo.

Foi essa seção do seu cérebro que pensou nos pais. Fora assim para eles quando foram assassinados? Lutaram contra os *redutores* enquanto o ataque acontecia, brigando sem terem treinamento contra um assassino muito maior e mais bem equipado, caindo, sucumbindo a ferimentos letais... enquanto uma versão de si próprios bancava a testemunha, admirados por aquilo estar acontecendo *daquele* jeito?

Por ser daquela maneira que deixariam a terra?

Era o que todos pensavam no fim? Ainda mais depois de um ataque inesperado, de um acidente?

— Socorro! — ela berrou.

A chama de uma tocha brilhou do outro lado das barras, surgindo do nada. Num segundo, tudo estivera escuro daquele lado, a sua luz iluminando apenas as botas. No seguinte, havia uma chama azulada, muito definida e totalmente controlada flutuando diante dela.

— Para trás.

A voz era feminina.

— Nexi?

— Não temos tempo. Para trás agora, porra.

A Sombra começou a trabalhar na malha, um maçarico derretendo o lugar em que o aço havia sido soldado. Durante o tempo todo, e agora já não tão distante, explosões aconteciam, uma após a outra, num rufar de destruição.

Ahmare puxou as barras, ainda que isso não resolvesse nada.

— Por que você veio?

— Não sei.

— Você matou os guardas.

— Matei. Mas não consegui me obrigar a entrar no complexo. Meu corpo se recusou — além disso, o problema era seu aí dentro, não meu.

— Duran ainda está...

— Não posso pensar nisso agora.

Na luz das centelhas criadas onde o maçarico derretia o aço, a concentração da Sombra era absoluta, os olhos estavam fixos na malha, os planos e as curvas do rosto se moviam com o reflexo da luz irregular, suas centenas de tranças caíam para a frente. Ela ia o mais rápido que conseguia.

— Você vai ter que se acalmar — disse a fêmea. — Só vou afastar uma parte, não temos tempo para mais nada. Feche os olhos e se acalme, eu te aviso quando. Você só terá uma chance.

Ahmare fechou os olhos com força e tentou controlar a descarga de adrenalina que percorria suas veias. Só ouvia o desmoronamento. Só sentia o calor em suas costas, a rajada ficando mais forte. E agora o teto rachava e lhe atingia a cabeça e os ombros.

Isso fez com que se lembrasse de Duran despencando pelo duto para salvá-la...

Calma. Ela precisava ficar calma. Tranquila. Serena...

Biscoitos Oreo deram conta do assunto.

Deveria ter sido a Virgem Escriba, mas ela tentou isso e não adiantou. Deveria ter sido o rosto de Duran, mas isso só a fez querer chorar. Com certeza não fora o fato de ele ter lhe dito que a amava.

Ele fizera mesmo isso? Dissera as palavras...

Biscoitos Oreo. Os originais. Os antigos, saídos da embalagem de celofane azul, sem estarem refrigerados, embora algumas pessoas gostassem dos biscoitos gelados. Visualizou um na mão e viu as pontas dos dedos segurarem e separarem as metades, puxando a parte de cima, deixando-a com uma parte em que ficava todo o recheio e a outra onde restava apenas o vestígio do creme de baunilha.

Você sempre come o recheio antes.

Depois os dois biscoitos crocantes, aquele fresco e seco e o outro que você precisa raspar com os incisivos.

O sabor era de juventude. Era verão. Era de gostosuras.

Era o contraste entre o chocolate amargo e o branco interno macio...

– Agora! – Nexi exclamou.

Bem quando o corredor desmoronou com toneladas de terra e pedras, a montanha clamando os espaços vazios que foram escavados debaixo de seu aclive, Ahmare desmaterializou sua forma física e viajou em moléculas esparsas, levadas adiante pela corrente de vento da explosão, em meio à noite.

CAPÍTULO 31

Ahmare se afastou uns quatrocentos metros do chalé sobre a entrada do túnel e, dali, observou a montanha afundar em si mesma, e uma enorme nuvem de poeira e de entulho foi expelida acima das copas das árvores enquanto uma combinação de terra, pedras e árvores despencava. O som foi ensurdecedor, e depois sobreveio um silêncio tão avassalador que o zunido de um mosquito perto de seu ouvido soou tão alto quanto uma motocicleta *off-road*.

Pensou nas traças, agora todas mortas.

Nos esqueletos, agora enterrados.

E em Duran... agora falecido.

Quando a dor a golpeou, houve uma parte sua que se rebelou por tê-lo conhecido, do tipo "Já Não Passei por Poucas e Boas?", como se o destino dele estivesse predeterminado e ela pudesse ter evitado essa agonia de agora, se ao menos o destino reconhecesse que Ahmare já perdera os pais e talvez ainda perdesse o irmão, e, por isso, lhe desse um caminho alternativo porque ela já contribuíra o bastante. Por assim dizer.

Mas isso não durou muito.

Ainda mais quando ouviu a voz dele em sua cabeça: *Não quero que pareça que nunca existi.*

O fato de estar tão devastada pela morte de alguém que não conhecia duas noites antes testemunhava a favor daquele macho.

PRISIONEIRO DA NOITE | 189

– Temos que cuidar do seu ferimento antes de irmos até Chalen.

Atordoada, Ahmare olhou para onde Nexi estava, tendo se materializado bem ao seu lado.

– É o meu ombro.

Havia um vacilo em sua voz, e ela não tentou corrigir, não dispondo de energia para demonstrar resiliência ou força. Estava absolutamente exaurida.

– Consegue se desmaterializar até o meu chalé? Lembra-se de onde ele fica? – a Sombra perguntou.

De repente, Ahmare lembrou o começo do trajeto pela floresta, quando Duran ajeitara aqueles dois galhos sobre um toco de árvore. Ele fizera aquilo para ela, percebeu agora. Para que tivesse um marco no caso de estar perdida na volta.

– Ele nunca teve a intenção de sair de lá. – Ela encarou a montanha desmoronada. – Não é?

– Sempre foi onde ele terminaria. – Em seguida, a Sombra acrescentou com amargura: – Mesmo quando estava fora, ele nunca a deixou, e era a única coisa que importava para ele.

– Ele voltou para pegar os restos mortais da sua *mahmen*. Ele disse que os encontrara.

– Você não os viu?

– Eu estava ocupada. – Dito isso, a cabeça começou a latejar onde *Dhavos* a acertara. – E depois não houve mais tempo.

– Conseguiu a pérola?

Em pânico, a mão bateu no bolso onde a colocara. Assim que sentiu o contorno irregular, ela se acalmou um pouco.

Tinha de haver uma salvação naquilo. Algo de bom teria de resultar daquilo. De outro modo, ela não sabia como seguiria em frente quando o sol se pusesse amanhã ou na noite seguinte, e na outra depois dessa.

Tantas perdas. E essa mais recente, de um praticamente desconhecido sob a montanha, pelo amor de Deus. Parecendo algo, em retrospecto, ainda menos provável do que *redutores* atacando a mansão na qual seus pais trabalhavam e matando toda a criadagem depois que os aristocratas se trancaram no quarto de pânico, e comprimindo o tempo entre as outras mortes, fazendo com que ela tivesse a sensação de ter perdido a *mahmen* e o pai na noite anterior.

Mas, pensando bem, o luto não era como a gravidade. Não havia uma lei da física confiável nele, nenhum ritmo estabelecido para a queda, nenhuma aplicabilidade universal. O único paralelo era que estava em toda parte e sempre acompanhando você em diversos graus, puxando-a para baixo.

Algo que esmaga igual a uma montanha implodindo.

Foi assim que Duran sentiu o impacto acontecendo sobre ele? Essa sufocação, essa dor no peito, essa pressão dentro do corpo?

Um paralelo ridículo. Porque ela ainda respirava – o que levantava a questão: que diabos faria com o restante da vida? Vampiros viviam na escuridão, na lacuna na qual os humanos não se aventuravam. Ao considerar o tempo que lhe restava, pouco ou muito, a ausência da luz do sol que ela enfrentava parecia tanto literal quanto figurativa.

Mesmo que conseguisse ter o irmão de volta.

Era como se Duran e o que ele representava para ela fossem toda a luz que existiu e que existiria em suas noites. Agora que ele fora eclipsado, ela estava relegada a uma cegueira permanente. Lembranças dele a levaram de volta ao quadriciclo, atravessando o bosque. Depois, caminhando em meios às cicutas atrás dele. Descendo pela escada frágil, pelo espaço apertado debaixo do velho chalé. Correndo pelo túnel, logo atrás dele, sentindo o frio e a umidade, sentindo o cheiro da terra apodrecida.

Mas, em seguida, ele sumiu dessas imagens, e Ahmare ficou só em todos esses espaços e lugares... na sala das traças, na arena com os esqueletos... no quarto do mural.

Pensou que a jornada deles era uma metáfora da vida. Duas pessoas juntas, encontrando e superando obstáculos. Atravessando tetos a fim de salvar um ao outro.

Ela e Duran viveram uma vida inteira num período comprimido, a totalidade de um relacionamento detalhada... até ela se tornar viúva no fim da história. E agora? Com a perda dele, Ahmare não conseguia deixar de pensar que todo o ar fresco e toda a luz estavam banidos do seu futuro, e qualquer cômodo em que ela entrasse seria nada, mas também abarrotado e abafado, vagamente ameaçador.

A magnitude da morte dele a deixava furiosa, não só pelo que lhe fora roubado, mas também por todo o sofrimento que ele passara desde o nascimento.

Nas mãos do pai.

E nas mãos de... Chalen.

– Sim – ela disse com amargura para a Sombra. – Eu lembro exatamente onde fica o seu chalé.

CAPÍTULO 32

– O ferimento atravessou o ombro.

Ahmare olhava adiante enquanto Nexi inspecionava o ferimento no ombro. Haviam voltado ao chalé da Sombra, e Ahmare estava sentada numa das cadeiras toscas, sem a jaqueta e a camiseta, nada além do sutiã esportivo e o ferimento, e o sangue que secava na pele.

– Com que diabos você foi atingida?

– Com a perna de uma cadeira.

A Sombra recuou um pouco.

– Pensei ter pegado todos os guardas de Chalen.

– Foi o pai de Duran.

– Receber atenção especial de *Dhavos* – Nexi murmurou com amargura ao abrir o kit de primeiros socorros. – Você deveria se sentir honrada em vista de todas as prioridades dele.

– Ele não tem mais prioridades. Estão todos mortos.

A Sombra parou com a água oxigenada e a gaze nas mãos. O rosto dela parecia congelado, como se emoções a atravessassem e a tivessem paralisado.

– O que você disse? – ela perguntou rouca.

– Foi o fim dos dias. Estão todos mortos. Vi os esqueletos.

A Sombra fechou os olhos e balançou a cabeça.

– Tentei avisá-los. Antes de partir, tentei lhes dizer que tudo terminaria mal. Mas você não pode forçar a verdade para as pessoas. Elas têm que ver por si sós para acreditarem.

Ahmare assentiu porque concordava e porque não confiava na própria voz. Todos aqueles esqueletos, contorcidos em seu sofrimento, era uma imagem da qual jamais se esqueceria.

– Ponha isto debaixo do braço e nas costas. – Quando Ahmare apenas piscou ao ver a toalha, sem fazer nada, Nexi a dobrou algumas vezes e a ajustou no lugar certo. – Segure aqui, senão vou acabar derrubando água oxigenada em tudo.

– Tudo bem. Desculpe.

Ahmare fez como lhe foi pedido, pressionando o pano felpudo com firmeza e esperando. Ao percorrer os olhos pelo chalé, pensou que tudo naquele lugar deveria ter mudado. Tantas foram as mudanças por que passara que ela sentia que tudo em todos os lugares deveria ser diferente, assim como ela estava diferente por dentro. Em vez disso, a mobília tosca, o baú de Duran e a mesa de trabalho para a manutenção das armas estavam da mesma maneira como foram deixados.

Concentrou-se no baú junto à cama. Ainda estaria cheio dos pertences de Duran? Era provável que sim. E "cheio" seria um exagero, na verdade. Não restara muita coisa depois que ele se vestira e se armara, e ela pensou nas roupas e nos objetos pessoais que a congregação fora obrigada a entregar para entrar na seita.

Coisas, apenas coisas. Mas eram definidoras de uma maneira que desmentia sua natureza inanimada. Também eram um lembrete, não que precisasse deles, de que nem Duran nem os seguidores do culto jamais reaveriam seus objetos pessoais.

– Prepare-se. Isto vai arder.

Houve uma pausa, como se Nexi estivesse lhe dando uma chance para preparar seu psicológico. E logo a água oxigenada bateu, fria quando tocou no alto do ombro… depois como um fogo líquido ao entrar na ferida. Ahmare sibilou e se moveu para a frente.

— Bom, agora posso cuidar das costas...

— Espere — Ahmare disse entredentes. — Me dá um segundo.

Ela sentia como se toda a parte superior do corpo daquele lado tivesse sido encharcada com gasolina e recebido um fósforo aceso sobre a ferida. Quando a vista enevoou e ela apoiou uma mão na mesa, uma garrafa de uísque apareceu diante do seu rosto.

— Tome um gole. Vai ajudar.

Ahmare não era de beber, mas a dor a deixou receptiva à ideia. Levando o gargalo à boca, ela deu duas goladas...

E o acesso de tosse resultante *não* ajudou em nada. Não mesmo.

Quando seus olhos marejaram, o ombro queimou e os pulmões emitiram ordens de evacuação do Jack Daniels que aportara em suas costas, Nexi se sentou, como se soubesse que demoraria um tempinho até que pudesse retomar a ação do antisséptico.

Quando boa parte da tempestade já havia passado, Ahmare olhou para a outra fêmea.

— Por que foi atrás de nós? E obrigada, porque eu estaria morta se você não tivesse ido.

A Sombra pegou a garrafa e bebeu aquilo como se fosse limonada. E se isso não era um comentário sobre as diferenças entre aqueles que ensinam defesa pessoal e aqueles que a usavam de verdade, Ahmare não sabia o que poderia ser.

Pensando bem... agora ela já vira uma briga de verdade também, e tinha o ferimento resultante dela para mostrar.

— Fiquei pensando no que você disse — Nexi murmurou. — Sobre você ter matado aquele cara e ele ter ultrapassado os limites dos ataques, chegando ao seu passado, contaminando-o com a mancha do sangue dele.

Ahmare pegou a garrafa e deu mais uma chance à bebida, mais devagar dessa vez.

— Eu não fazia ideia do que aconteceria depois que deixei o corpo dele para trás.

Sem dúvida, algum humano encontrara os restos mortais de Rollie a essa altura, mas a julgar pelo grupo com que andava? Ninguém relataria a morte dele às autoridades.

– A sua história me fez pensar na minha própria infância. – A Sombra se recostou, as tranças caindo por cima dos ombros musculosos. – Acho que pensei: quem sabe se eu fosse e ajudasse vocês, talvez você pudesse ser a mão que ultrapasse a linha divisória do meu passado – só que para melhorar as coisas. Como se, eu te salvando, talvez fossem coisas boas mudando as ruins, o oposto do que aconteceu com você.

Emocionada, Ahmare sussurrou:

– Eu lhe devo a minha vida.

A Sombra se levantou num rompante como se não suportasse o que estava sentindo.

– Ou talvez eu tenha só escorregado, caído no chuveiro e batido com a cabeça. Um pouco de compaixão resultou da concussão, mas vai acabar sumindo assim como um galo na testa, tão logo eu te tire do meu caminho.

Ahmare estendeu a mão e segurou a de Nexi.

– Lamento que você também o tenha perdido. Duran.

Os olhos verdes como peridoto da Sombra reluziram, e, a julgar pelo brilho que os iluminou, ficou claro que, por baixo daquela fachada de durona, havia um coração partido.

– Eu não o perdi. – Nexi deu de ombros. – A verdade é que ele me tinha. Mas o contrário nunca aconteceu.

– Mas é uma morte difícil para você. De todo modo... é uma morte difícil.

– Todas elas são – Nexi disse num tom de voz amargurado. – Mesmo aquelas pelas quais você implora... são difíceis.

E isso foi a última coisa que Ahmare ouviu.

Antes de desmaiar.

Capítulo 33

Cerca de três horas antes do amanhecer, Ahmare se aproximou do castelo de Chalen sozinha. Estava meio insegura, embora isso estivesse melhorando agora, enquanto avaliava o tamanho daqueles muros de pedra – pelo menos conseguira se desmaterializar a intervalos regulares desde o chalé de Nexi até a propriedade do Conquistador. Ao parar na beirada do fosso, encontrou a ponte levadiça fechando a entrada, tudo vedado como se esperassem um ataque.

Esperou, com as mãos dentro dos bolsos da jaqueta corta-vento, com o queixo erguido, o ferimento no ombro coberto por um curativo e enfaixado por baixo de uma camisa camuflada que pegara emprestada de Nexi.

A Sombra insistira que levasse as chaves do carro, e Ahmare brincou com elas dentro da jaqueta, passando-as pelos dedos, o som do tinir abafado.

A ponte levadiça se abaixou lentamente, o barulho do metal como se fosse o irmão mais velho do que acontecia no seu bolso com as chaves.

Dois guardas saíram. O da direita indicou o caminho para o interior.

Ela se aproximou devagar, certificando-se de andar sem claudicar. Seu ombro era um grande ponto fraco numa briga, e não queria deixar transparecer que estava machucada, caso pudesse evitar.

As armas estavam guardadas dentro da jaqueta. Se quisessem revistá-la e as encontrassem, tudo bem. Mas na vez anterior não o fizeram, e ela tinha esperanças de que isso se repetisse agora...

Passou direto pelos guardas.

Entrando na sala da lareira, olhou para a mesa e quis vomitar. Pensar que Duran estivera sobre ela...

– Ela retorna sozinha.

Ahmare olhou para a entrada em forma de arco. Chalen estava sendo trazido em seu catre, e os quatro guardas que sustentavam seu físico debilitado pararam logo que entraram no salão, os mantos se acomodando no piso de pedra em dobras, transformando-os em colunas cilíndricas.

– Onde está meu irmão? – Ahmare exigiu saber.

– Onde está minha amada?

Ela mostrou a pérola, segurando-a entre as pontas dos dedos.

– Tenho o que quer.

Os olhos do macho decrépito reluziram no rosto encovado e enrugado.

– Finalmente!

– E sabe por que voltei sozinha. Sabe que a montanha ruiu.

– Sim, eu sei. – Chalen se virou momentaneamente distraído das suas zombarias, o sorriso gélido revelando a presa quebrada. – A sua arma não sobreviveu. Uma pena, e teremos que resolver essa questão.

– Ao diabo que iremos.

Ele dispensou o comentário com um gesto de menosprezo.

– Dê-me o que é meu. Entregue!

Quando ele estendeu as mãos em forma de garra, era como se fosse um menino querendo um brinquedo, cheio de ganância e expectativa.

Ela voltou a guardar a pérola no bolso.

– Onde está o meu irmão?

Os olhos de Chalen se estreitaram e ele se recostou na almofada acolchoada.

– Onde será que ele está...

Algo dentro de Ahmare se partiu. Ouvira pessoas dizendo isso antes, e agora ela entendia o significado.

De repente, transformou-se numa pessoa diferente.

Sacou as armas sem pensar duas vezes e apontou para a cabeça de Chalen. Como se fosse a coisa mais natural do mundo de se fazer.

– Traga-me a porra do meu irmão agora mesmo.

– Ora, ora, vejam só. Ela está armada. Creio ter lhe dito que não trouxesse nenhuma arma.

– Tarde demais, filho da mãe. Seus guardas deveriam ter me revistado quando tiveram a chance.

– De fato. – Chalen encarou a entrada com raiva. – Eles deveriam.

– Traga-me o meu irmão, e eu lhe darei a sua amada.

– Mas e quanto à minha arma? – O sorriso retornou. – Você não está me devolvendo em bom uso a arma que lhe emprestei.

Houve o som de correntes metálicas rodando e depois um estrondo que reverberou enquanto a ponte levadiça era fechada contra as paredes do castelo.

– E, veja só, agora você está presa aqui dentro e não tem nada a me oferecer para sair daqui.

Ela voltou a mostrar a pérola.

– Observe.

Ahmare se inclinou para baixo e colocou a amada no piso duro. Em seguida, ergueu a sola reforçada de aço da bota e pairou uns dez centímetros acima do precioso objeto.

– Esmague-a – Chalen ameaçou – e eu matarei o seu irmão.

– Então estamos num impasse, não?

– Não, não estamos. – Chalen olhou para as sombras ao redor da entrada, agora fechada. – Guardas!

Quando os machos não o atenderam de pronto, não o obedeceram nem responderam, Ahmare deu de ombros.

– Acho que ninguém vem. Espere... Não, tenho certeza disso. Lamento.

Quando uma brisa com cheiro de sangue passou por seu ouvido esquerdo, ela sorriu. Nexi sem dúvida gostara de matar aqueles guardas. E agora a Sombra se movia no ar em moléculas, encontrando outra posição defensiva.

– Guardas! – Chalen ladrou. – Guardas!

– Você só tem quatro. Por enquanto.

Ahmare virou a mira e apertou o gatilho. A bala foi parar com precisão onde ela queria, na parte de baixo da perna do guarda da frente, à esquerda. Quando o macho derrubou seu canto do catre, Chalen pendeu e começou a cair. Em pânico, ele se esticou e se agarrou à beirada, o corpo frágil um peso que não conseguiria sustentar por muito tempo.

Os outros três se aproximaram, ou tentaram, e Ahmare os tirou do jogo, um a um, derrubando-os ao mandar balas exatamente onde desejava. Nos ombros. Nas coxas. No pé de um que recuava, tentando deixar o mestre para trás...

Chalen se desmaterializou dali: apesar de sua condição ruim, o velho bastardo ainda conseguia fugir.

– Cacete!

Ahmare apanhou a pérola e correu para a porta em forma de arco junto à lareira, mas, quando o fez, uma pedra imensa começou a descer, bloqueando o caminho para as entranhas do castelo. Dando uma de Indiana Jones, ela deslizou por baixo dela bem a tempo e pôs-se de pé do outro lado.

Tochas mostravam o caminho adiante, mas ela não fazia ideia para onde estava indo. A ida anterior ao nível inferior não ficara memorizada tão bem quanto ela desejara que tivesse ficado.

Nexi se materializou ao lado dela.

– Encontrei as escadas. Por aqui.

Correram juntas por um corredor de pedras e viraram algumas vezes, no fim chegando a uns degraus cortados toscamente que desciam em curva. Quando chegaram ao fundo, havia quatro saídas, quatro possíveis caminhos a seguir.

Ao longe, sons de passadas. Muitas. Pesadas. Vindo na direção delas. Mais guardas.

Ahmare sabia que Chalen fora para onde quer que seu irmão estava. E bem podia estar matando Ahlan naquele exato segundo.

– Maldição…

Um assobio, agudo e urgente, se fez ouvir das sombras.

Ela e Nexi viraram as armas nessa direção.

Um guarda saiu da escuridão com as mãos erguidas. Com o capuz abaixado, o seu rosto estava à mostra.

O rosto jovem. Os cabelos ruivos.

– Você – Ahmare sussurrou. – Da floresta.

Era o guarda que ela poupara da ira de Duran, e Ahmare segurou o braço de Nexi.

– Eu o conheço. Não atire nele.

O guarda olhou ao redor, como que para se certificar de que não havia ninguém além deles três. Depois gesticulou e apontou.

Ahmare relanceou os olhos para Nexi.

– Podemos confiar nele.

– O cacete que podemos…

– Salvei a vida dele. Ele me deve isso.

O guarda bateu o pé no chão e gesticulou com mais insistência, o manto se movendo. Segurando o braço de Nexi com mais força, Ahmare puxou a Sombra, e o jovem macho as conduziu para um nicho na parede de pedra. Logo em seguida, eles se viram comprimidos num espaço de pé direito muito baixo, onde precisavam ficar curvados, e a treliça de metal se fechou atrás deles, enquanto guardas inundaram a área que dava para os quatro corredores, com a luz das tochas bem diante da passagem secreta. Através dos buracos da treliça, Ahmare os contou. Dez. Quinze talvez.

Usavam linguagem de sinais; tinham um plano.

O jovem guarda cutucou seu ombro. Apontou para trás de si. E começou a se mover agachado naquela direção.

Ahmare manteve a arma empunhada e ficou atrás dele, apertando-se na caverna estreita escavada na pedra e na terra que a fez pensar no duto que Duran usara.

O jovem guarda parou de repente. Chegaram a outro portão e Ahmare se ergueu para olhar entre os buracos de metal.

Era uma cela no calabouço, podendo ser aquela em que Duran estivera ou outra semelhante, com as grades fundidas na rocha do chão e do teto, uma malha de aço diante dela, paredes úmidas da água subterrânea e ossos no chão.

Havia um macho nu e encolhido bem no centro dela.

– Ahlan...

O guarda cobriu-lhe a boca com a mão e balançou a cabeça. Levando o indicador à boca, ele fez um psiu com os lábios e depois esticou a mão para o portão, movendo as pontas dos dedos ao redor do contorno, como se estivesse procurando por alguma trava.

Ahmare fez o mesmo, apesar de não saber o que procurava. E, ao mesmo tempo, tentava ver se o irmão respirava: seu peito inflava? Estaria morto? A pele estava tão pálida... branca mesmo...

– Traga-o para mim!

A voz de Chalen. Ao longe, numa lateral. Fora de alcance.

– Eu mesmo o matarei!

As barras da cela começaram a se erguer, e os guardas entraram, suspendendo seu irmão pelos braços e começando a arrastá-lo para longe das suas vistas.

Não!, ela pensou ao forçar a grade. *Não!*

Enquanto Chalen bradava ordens, Ahlan despertou nos braços dos guardas, o corpo frágil se movendo, a cabeça se erguendo.

– Por favor... – ele implorou rouco. – Chega... Não mais... Por favor...

Ahmare empurrou o ruivo e se colocou no lugar dele. Como se, caso tentasse daquele ângulo, conseguiria o que ele não estava conseguindo – e não, não dava a mínima por estarem em menor número. Ela tinha uma arma. Duas. E Nexi também tinha duas...

– Não! – exclamou.

O irmão começou a chorar. E Ahmare viu que Chalen estava de pé, aproximando-se com dificuldade, com uma faca na mão. Através dos buraquinhos da grade, aquilo era um filme de terror real, o irmão se debatendo, o corpo frágil se agitando.

Ahmare começou a bater na treliça de metal, mas ela estava tão presa à pedra, engastada tão bem que não houve barulho algum, apenas dor próxima ao pulso.

Chalen agora gargalhava, e o som era muito alto e maligno. Com olhos maníacos, ele ergueu a lâmina acima da cabeça. Agarrou o cabo com as duas mãos, como se precisasse de força extra, apesar de os guardas estarem segurando o alvo imobilizado...

O baque veio sem aviso.

Literalmente do nada, o som de algo se chocando na parte externa da parede do calabouço – ou seria uma explosão? – fez Ahmare se lembrar das detonações na montanha.

Tudo parou. Chalen. Seu irmão. Até mesmo os guardas olharam na direção do som.

Um segundo impacto se seguiu, e foi nessa hora que a lateral do castelo começou a ruir. Em reação, Chalen apenas continuou ali, parado, como se não conseguisse acreditar que alguém estava de fato detonando sua fortaleza.

Só que não era uma bomba.

Era... uma velha caminhonete Dodge Ram.

Quando Ahmare viu quem estava atrás do volante, jurou que seu coração partido estava brincando com ela.

– Duran! – exclamou.

Capítulo 34

Duran não teve de apertar o pedal do freio da caminhonete que roubara. Todo o seu impulso fora refreado ao invadir sua antiga cela. Que bom que estava de cinto de segurança, e ainda bem que os *airbags* estavam quebrados.

Estava fora do maldito Dodge num segundo e deixou o motor ligado porque não ficaria ali muito tempo.

Os guardas de Chalen se espalharam, largando o fardo nu e frágil no chão de pedra da cela, e o irmão de Ahmare aterrissou numa pilha de ossos que, com certeza, tinham fraturas.

Seguindo em frente com a espingarda que, para sua conveniência, fora acoplada à cabina, Duran apontou os canos duplos carregados para o Conquistador.

Que havia se mijado todo. Fosse por não ter controle sobre a bexiga devido à idade ou por estar surpreso.

– Ninguém se mexe ou eu atiro no seu mestre – Duran disse aos guardas. – Estamos entendidos?

Ninguém discutiu, e ele se plantou acima do irmão de sua fêmea.

– Ahlan, consegue entrar na cabina – não ouse se mexer, Chalen. Se respirar do jeito errado, eu explodo as suas malditas bolas na pedra toda atrás de você.

O irmão de Ahmare tinha bons instintos de sobrevivência. Ergueu-se e foi tropeçando e caindo até a caminhonete. O pobre infeliz de alguma forma conseguiu se suspender para dentro e até fechou a porta.

Duran deu um passo na direção de Chalen. Outro. E mais outro.

Quanto mais se aproximava, mais o Conquistador se acovardava; o velho macho largou a adaga, remexeu no manto, caiu no chão.

– Eu lhe darei tudo o que você quiser – ele disse numa voz trêmula. Erguendo os braços esqueléticos, tentou se proteger. – Tenho dinheiro! Tenho...

– Cala a boca. Onde está Ahmare...

Houve um ruído estridente de metal contra metal, e depois algo saltou para dentro da cela, uma espécie de grade...

A fêmea que viera encontrar, aquela a quem se recusava perder, o amor da sua vida, saiu explodindo da parede como se tivesse sido lançada por um canhão, o corpo direcionado ao seu.

– Você está vivo!

Duran quis agarrá-la e abraçá-la e aspirar seu cheiro, mas não podia largar a espingarda.

– Estamos todos vivos – ele disse ao inspirar um breve raio de amor.

Mas, em seguida, indicou Chalen com um movimento de cabeça.

– A pergunta agora é: como vamos matar esse filho da puta... espera, Nexi?

Enquanto a velha amiga se apertava para sair do espaço diminuto do qual Ahmare saíra, ele ficou surpreso com a presença da Sombra.

– Você está sempre atrasado – ela murmurou. – Nós bem que precisamos de ajuda uns dez minutos atrás.

Ele sorriu.

– Bom te ver, Nex.

Ela retribuiu o sorriso.

– É. Bom te ver também.

Ahmare já estava ao lado da caminhonete, abrindo a porta para ver o estado do irmão. As palavras sussurradas e apressadas trocadas entre os irmãos, cheias de gratidão e de amor, foram uma reconexão que ainda não estava completa.

Não até que estivessem em segurança, longe dali.

– Os seus guardas já eram – Duran disse ao olhar ao redor e perceber que estava sozinho com Chalen. – Imagino que tenham ido atrás de reforços.

– Eu os mandarei embora – o Conquistador jurou. – Vocês podem ir. Leve o irmão dela, podem ir...

– Cala a boca. – Espere, havia um guarda à esquerda, e estava parado junto a Nexi. – Quem é o seu amigo, Sombra? Ah, é você.

Era o jovem ruivo da floresta. Aquele a quem Ahmare salvara.

Quando o garoto assentiu com hesitação, como se esperasse levar uma bala na cabeça, Duran deduziu que fora assim que Ahmare e Nexi acabaram numa passagem escondida no castelo – motivo pelo qual a Sombra não matara esse guarda em espacial.

– Obrigado por ajudar a minha fêmea – Duran agradeceu ao macho.

Dessa vez, quando o garoto assentiu, foi mais como um reconhecimento entre combatentes do mesmo lado.

Ahmare voltou da caminhonete.

– Ele está estável o bastante. Mas precisamos sair daqui.

– Tenho uma última tarefa. – Duran lhe entregou a espingarda. – Você pode matar. E depois vamos embora.

Sem a ajuda de Duran, Ahmare pensou, seu irmão estaria morto.

Antes que aquela caminhonete tivesse derrubado aquela parede, não havia como terem salvado o irmão, nenhuma possibilidade de terem aberto o portão e chegar a tempo.

E Chalen teria, sim, matado o irmão de Ahmare. O fato de não o ter feito se devia com exclusividade à chegada surpreendente de Duran. Portanto, de acordo com as Antigas Leis e em nome de todos os outros que Chalen matara em seus séculos como mercenário, a verdade era: ela poderia dar cabo da vida dele nos termos da lei.

Abaixou-se e pegou a adaga que ele estivera prestes a usar. Já havia sangue seco nela.

Ao longe, o som de um exército se aproximando, os guardas organizados, vindo resgatar o mestre. Mas numa corrida contra uma bala à queima-roupa? Não havia como ganhar disso. O cano duplo venceria.

– Pode ficar com o seu irmão – Chalen disse. – É ele quem você quer. Fique com a amada também. Não me importo. Apenas me poupe.

Ahmare se aproximou do Conquistador e se agachou. O fato de ele estar choramingando como um animal ferido fez sua raiva aumentar.

– Você torturou o macho que eu amo por décadas – ela disse de dentes cerrados. – Matou incontáveis pessoas. Pelo amor de Deus, você trata os seus guardas como se fossem sua propriedade. – Relanceou a vista para o jovem macho. – Arrancou suas cordas vocais...

– Quem se importa com eles – Chalen a interrompeu. – O seu irmão. Fique com o seu irmão...

– Pegue a arma e acabe logo com isso – Duran se intrometeu.

Mas Ahmare só meneou a cabeça e olhou para o jovem guarda.

– Pode me ajudar a me comunicar com eles?

Bem quando ele assentiu, uma dúzia de guardas chegou, aglomerando-se no corredor, parando de pronto quando viram que o mestre deles estava sob a mira de uma espingarda. Estavam armados até os dentes, mas Duran balançou a cabeça na direção deles.

– Se qualquer um tentar usar sua arma, eu acabo com ele. Depois atiro em vocês, um a um, como garrafas em cima de uma cerca.

– Nexi – Ahmare a chamou –, recue a caminhonete e deixe-a pronta para irmos.

– Pode deixar.

Houve a batida da robusta porta e o motor potente sendo acionado na marcha ré. Em seguida, guinchos e batidas enquanto a Sombra saía com a caminhonete pelo buraco criado, com uma chuva de pedras caindo enquanto recuava.

Ahmare olhou para o jovem guarda, depois para os outros.

— Quero que saibam que entrego Chalen a eles...

— Eles não vão dar atenção! — o Conquistador gritou numa voz aguda, cheia de pânico. — Eu e apenas eu comando esse bando inútil...

— ... em troca por nos deixarem ir embora, inclusive você.

— Ataquem! Ataquem! — Chalen levantou-se do chão com esforço, o rosto horrendo corado e suado enquanto comandava o esquadrão. — Matem-nos.

— Quero que eles saibam — Ahmare continuou — que está na hora de eles controlarem esta propriedade, este castelo. Diga-lhes que usem esse presente com sabedoria e se lembrem de como é estar sujeito a outro.

Chalen berrava agora, a voz ficando rouca, a saliva saltando dos lábios enquanto gritava e xingava.

— Diga a eles que isto é uma linha divisória. O que aconteceu antes já não existe mais. O futuro está nas mãos deles, mas eu irei até Wrath e a Irmandade. Tudo precisa estar de acordo com a lei daqui por diante. As leis do Rei devem ser obedecidas ou a Irmandade irá executar uma punição da qual ninguém sairá vivo.

Os guardas dispararam a se comunicar na linguagem de sinais e, em resposta, o jovem ruivo se comunicou com eles também.

Ela soube com exatidão quando a mensagem foi recebida.

Todos eles ficaram imóveis, e cada par de olhos se direcionou para Chalen.

A raiva naqueles olhares estava enraizada na vingança de forma tão profunda e antiga que ela soube que não gostaria de ver o que aconteceria em seguida.

— Venha — disse a Duran. — Vamos embora, para deixá-los tratar de seu assunto.

Os dois começaram a recuar pelo buraco, e ela relanceou os olhos para o guarda ruivo.

— Você é bem-vindo para vir conosco...

O rapaz não hesitou. Saiu andando junto com eles para fora do calabouço do castelo, em direção ao ar noturno... deixando os gritos de Chalen para trás.

A liberdade os aguardava na forma do Dodge Ram com uma bela Sombra ao volante e o irmão vivo no banco do passageiro.

Ahmare deu um beijo em seu macho quando saltaram para a carroceria da caminhonete.

– Você voltou.

Para ela. Por causa dela.

Por causa deles.

– Resolvi viver no futuro, não no passado. – Duran a beijou de novo e puxou o jovem guarda para que se juntasse a eles. – Linhas divisórias e tal.

Ele deu um soco no capô da cabina, e Nexi acelerou. Enquanto saíam em disparada e tinham de se segurar, ela não conseguia acreditar que ele deixara sua *mahmen* para trás.

– Aquela ossada não era ela – ele disse acima do ronco do motor. – Mas o meu amor por você? Significa tudo para mim.

Capítulo 35

Já estava quase amanhecendo quando foram parar, e Ahmare não fazia ideia em que Estado estavam. Retornaram ao chalé de Nexi para pegar o SUV e, lá, a Sombra juntara alguns de seus pertences numa mala e todas as suas armas e munição. Quando a fêmea hesitara à porta, todos esperaram enquanto ela dava o que pareceu ser sua última olhada.

Depois disso, os cinco seguiram para a última parada.

Duran devolvera a velha caminhonete para o jardim onde a "pegara emprestada". Deixaram a amada numa tigela vermelha no banco da frente como pagamento pelos estragos feitos no para-choque e no capô. Tinham esperanças de que o proprietário vendesse a pérola num momento de dificuldade.

Ou talvez desse à esposa, caso tivesse uma.

Seguiram para o norte no SUV a partir dali e, em algum ponto no meio das montanhas, a Sombra lhe disse para fazer uma série de curvas que os afastou cada vez mais da rodovia. Ahmare seguira as orientações. E agora...

Isso.

Ao pisar na varanda de uma casa feita de cedro, suspendeu a respiração ante a vista espetacular. Dali, acima das colinas e dos vales, as luzes das residências dos humanos mais pareciam estrelas caídas do céu.

Sentiu como se tivesse entrado num outro mundo. Ou despertado de um sonho.

Tudo aquilo acontecera mesmo?

Ao tocar no ombro, fez uma careta de dor...

– Tome, preparei para você.

Girando na direção de Duran, viu que ele tinha um prato na mão. Com um sanduíche. Tinham esvaziado a geladeira de Nexi antes de deixarem o chalé da Sombra? Parecia que sim.

Ele também lhe trouxera leite. Como se ela fosse uma criança partindo para a escola para passar a noite.

Lágrimas arderam em seus olhos de maneira inesperada. Assim que elas surgiram, Duran abaixou a comida numa mesinha de madeira e se aproximou, envolvendo-a com cuidado por causa do ombro ferido. Sua cabeça se encaixava perfeitamente na parte firme do peitoral do macho e, por trás dele, as batidas ritmadas do coração que ela precisava ouvir.

– Pensei que tivesse te perdido – disse.

A mão larga a afagou de cima a baixo no lado bom.

– Também pensei.

Ela o fitou no rosto.

– O que aconteceu?

Duran ajeitou uma mecha do cabelo de Ahmare atrás da orelha.

– Cheguei a voltar para os restos de minha *mahmen*. Mas percebi que ela já se fora. Não está mais aqui desde... desde que a vi morrer. O que eu salvaria à custa do meu futuro junto a você?

Ahmare fechou os olhos. Não havia palavras para expressar como se sentia, a gratidão por ele ter percebido isso, que talvez houvesse uma vida juntos para eles no fim das contas.

– E quanto ao seu pai?

Duran respirou fundo.

– Quis matá-lo por tanto tempo. Essa foi a única razão da minha existência, essa vingança. E, sabe, quando resolvi deixar para trás os ossos da minha *mahmen*, percebi que literalmente era uma questão de decidir entre a minha vida ou todo aquele ódio. Tive que desistir.

– Deus, Duran... – Estremeceu contra o calor do corpo dele. – Estou tão feliz por você estar aqui e em segurança.

A mão dele voltou a afagá-la.

– Saí pelo antigo sistema de dutos, foi mais eficiente do que correr pelos corredores. Escapei por uma saída de ar com uns trinta segundos de sobra. Corri o mais rápido que pude para não ser apanhado pelo desmoronamento. – Os olhos dele percorreram seu rosto. – E eu sabia para onde você iria. Voltei para o castelo de Chalen o mais rápido que consegui.

– E chegou na hora certa.

– Foi quase como o destino. – Ele recuou um centímetro e baixou o olhar para ela. – Como se alguém soubesse o que estava fazendo o tempo inteiro para me levar de volta até você.

Ambos inclinaram as cabeças para trás e fitaram o firmamento. Era uma linda noite, as galáxias reluzindo acima no céu sem nuvens, as estrelas brilhando com nitidez. No entanto, existia um alerta a leste. Um brilho que, no momento, apenas começava a se acender. Contudo, o fogo logo surgiria.

– Melhor entrarmos – ela disse.

No caminho para o interior da casa, ela apanhou o sanduíche, e ele, o leite.

Trabalho em equipe, Ahmare pensou, como tudo num relacionamento.

Para sua surpresa, a casa era grande, com cinco quartos e quase somente vidro do lado com a vista. O interior tinha as vigas expostas e piso de ardósia cinza, e a mobília rústica era a combinação perfeita. Ahmare ficara sabendo que a Sombra construíra tudo a partir da fundação. A fêmea precisara de algo para fazer para se manter ocupada nos últimos vinte anos, ela lhes contara no trajeto até o norte, e aprendera o ofício da construção – assim como melhorara na arte de fazer mesas e cadeiras, é claro.

Quando as venezianas desceram nas janelas e portas para bloquear o dia, Duran foi tomar banho e Ahmare decidiu descer para ver como o irmão estava.

Encontrou o jovem guarda dormindo sentado numa poltrona na área de estar do andar de baixo. Como estava frio no porão, ela pegou uma manta e a colocou sobre ele. O rapaz acordou na mesma hora, e ela pôs a mão sobre seu joelho quando ele se sobressaltou.

– Está tudo bem. Você está seguro.

Os olhos do guarda estavam arregalados e atormentados, e ela se preocupou com o que ele via nos sonhos. Só podia imaginar como a vida dele havia sido com Chalen, e ficou se perguntando quando saberia sobre a vida do pobre rapaz.

– Você nunca mais vai voltar para lá, está bem? – ela lhe disse. – E nós vamos cuidar de você.

Quando ele suspirou aliviado, ela o abraçou. E também ajeitou um travesseiro sob sua cabeça. Alguma noite dessas, conseguiriam fazer com que se deitasse numa cama adequada, mas ela compreendia a necessidade dele de estar sempre alerta. Quem poderia culpá-lo? Às vezes, a pior parte do trauma não era passar por ele. Era o depois, quando se está liberto.

E obcecado com o que poderia ter acontecido caso não tivesse se libertado.

Seguindo pelo corredor, surpreendeu-se em ouvir vozes vindo do quarto de Ahlan.

E parou junto à soleira da porta dele. O irmão estava recostado em travesseiros da cama *queen-size*, o rosto magro e os olhos fundos ainda em choque toda vez que ela olhava para ele. No entanto, sua cor estava bem melhor, e ele estava sendo banhado.

Graças a Nexi.

A Sombra limpava as pernas machucadas com uma toalhinha, as tranças pendendo para baixo, as mãos muito seguras e firmes. E Ahlan fitava a fêmea com uma espécie de adoração, como se não tivesse visto nada mais lindo na vida.

– ... até mesmo a mobília? – ele perguntava numa voz rouca.

– Sim, fiz até mesmo a mobília. As primeiras tentativas de cadeira lá no meu chalé não ficaram lá muito... – Nexi relanceou a porta e corou. – Ah. Ei. Imaginei que ele precisava de... de uma limpeza, sabe?

– Ela também me deu a veia dela – Ahlan acrescentou.

– Por motivos medicinais. – A Sombra pigarreou e deixou a toalhinha que usava na tigela de aço inoxidável que trouxera da cozinha. – Bem, acabamos aqui. Você está bem. Vou subir e...

– Você vai voltar? – Ahlan disse ao tentar se sentar. – Ou talvez eu possa subir... por favor.

Nexi baixou o olhar para ele. Parecia surpresa com a maneira como ele a fitava, e Ahmare sentiu o impulso fraternal de implorar à Sombra que não partisse o coração dele.

Vampiros machos tendiam a se apaixonar com intensidade quando o faziam.

Só que um sorriso furtivo e breve se formou nos lábios de Nexi. Por uma fração de segundo. Mas ele sem dúvida tinha estado ali.

– Sim, eu volto.

Quando a Sombra se virou para sair, seu rosto já era o calmo e firme de um soldado bem treinado e experiente. E Ahmare a deixou ficar com a armadura.

Contudo, enxergara por trás dela. E teve a sensação de que essa linha divisória se apresentara para a Sombra.

Deixada a sós com o irmão, Ahmare atravessou o quarto até a cama e se sentou. As mãos dele e as suas se encontraram, e ambos ficaram apenas se encarando por um bom tempo.

– Sinto muito – ele disse. – Lamento muito eu ter te arrastado pra isso tudo. Fui muito burro.

– Nada mais de traficar, Ahlan. Nem de se drogar. Daqui por diante, você tem que ficar limpo.

– Prometo.

Desejou que ele pudesse manter essa promessa. Só o tempo diria, mas, pelo menos, havia comprometimento da sua parte naquele momento.

– Sinto saudades de *mahmen* e de papai – contou ele. – Todas as noites.

– Eu também.

Quando os dois se calaram, ela pensou nas coisas que queria esquecer. Como Rollie. E o calabouço de Chalen. Os esqueletos na arena cerimonial e *Dhavos*. E, antes disso, as lembranças de ter guardado os pertences pessoais dos pais. Fechando a casa na qual crescera. Virando-lhe as costas, embora ainda não a tivesse vendido.

De repente, não teve mais interesse algum em voltar para Caldwell.

– Você apareceu quando mais precisei – Ahlan disse. – Você me salvou.

Quando ele falou, algo dentro dela se libertou – de uma maneira boa. Foi então que ela percebeu que sempre pensou que havia fracassado perante a *mahmen* e o pai deles. De alguma forma, em sua cabeça, ela atribuíra apenas a si mesma toda a habilidade de poder impedir os assassinatos deles. De salvar as suas vidas. Restaurar sua família como fora e deveria ser.

Era loucura. Mas são raras as vezes em que as emoções são lógicas.

Mas ela conseguira salvar Ahlan – com a ajuda de Duran e de Nexi. E, como o irmão era tudo o que lhe restava da sua linhagem, havia paz nisso, paz que anunciava um grande perdão pelas coisas das quais se sentia responsável, mesmo sem poder controlá-las.

Ahmare fitou os olhos da mesma cor dos seus. E pensou mais nas linhas divisórias das vidas das pessoas, os começos e os fins de cada estágio, as eras que você nem se dava conta de que estavam começando... até terem terminado.

– Quer ir embora de Caldwell? – perguntou.

– Sim – o irmão respondeu –, eu quero.

CAPÍTULO 36

Não deveria ser difícil assim.

Enquanto encarava o chuveiro, Duran olhou para o registro da torneira como se ela detivesse os mistérios do Universo: Q *versus* F. Sua escolha entre um e outro lhe parecia monumental. Um prognosticador das coisas que estariam por vir. Um presságio sobre se o que aconteceria em seguida na vida seria algo bom... ou ruim.

Estendendo a mão para dentro da alcova azulejada, deixou a água correr e moveu o registro para a posição "F" – e ficou desapontado consigo mesmo ao puxar a cortina de volta ao seu lugar. Mas não havia motivos para acreditar que toleraria melhor o calor, assim como não o fizera no chalé de Nexi. Quando foi isso? Há duas noites? Ou... talvez uma apenas?

O tempo tinha pouco significado para ele. Tudo fora tão significativo que medir os fatos em termos de seções de 24 horas parecia o mesmo que usar uma praia para contar grãos de areia.

Despindo-se das roupas sujas, suadas e manchadas de sangue, baixou o olhar para o próprio corpo. Havia hematomas na pele. Arranhões que sangravam. Cortes que já cicatrizavam.

Graças à veia de Ahmare.

Havia tantas outras coisas graças a ela. Tocou o pescoço que, pela primeira vez em vinte anos, estava livre da coleira. Fora ela quem a cortara, serrando aquilo que fora ali colocado por Chalen.

Que decerto já não devia mais habitar este planeta.

Ahmare o libertara de tantas maneiras. Ao visualizar as feições de Ahmare quando ela saíra daquele espacinho apertado da cela, jogando-se sobre ele, voltou a encarar a letra "Q".

Comece do modo como quer continuar, disse a si mesmo ao se inclinar para a frente e mover o registro para cima… um pouco mais… lá em cima.

A mudança na temperatura foi aparecendo devagar, a água quente sendo direcionada a partir de algum aquecedor em algum lugar dali. Mas logo o jorro que saía era quente.

Ele se preparou ao passar para debaixo dele.

O jato de água, ao bater em sua cabeça, o fez estremecer, mas não por ser desagradável. Foi porque seu corpo estava mal-acostumado a qualquer outra coisa que não fosse desconforto, como se suas terminações nervosas tivessem sido reprogramadas e, caso não doessem, algo não estaria certo.

Disse a si mesmo que acabaria se acostumando àquela nova situação. À normalidade. A… um modo melhor.

Quando não teve certeza se acreditava nisso ou não, pegou o sabonete e se limpou, as bolhas escorrendo pelo peito, pelo sexo, pelas coxas. Estava cansado. As costas doíam. Um dos joelhos parecia querer virar para trás.

Este não deveria ser um momento de alegria?, pensou.

– Tudo bem se eu entrar?

Ele afastou a cortina. Ahmare estava nua, as roupas empilhadas onde Duran deixara as dele, os cabelos libertos do rabo de cavalo. Ela também estava machucada. Na lateral do rosto. No braço. No quadril. E também havia o ferimento no ombro.

– Por favor. Sim, entre, por favor – ele sussurrou.

Ela sorriu de leve e então se virou para o espelho. Depois de enxugar a condensação no espelho com a mão, tirou o curativo adesivo do ombro.

PRISIONEIRO DA NOITE | 217

Enquanto fazia isso, ele se retraiu. O ferimento irregular de ambos os lados do ombro estava cicatrizando, mas continuava um pouco inflamado, com as bordas feridas e um centro mais afundado.

Pensou na marca no piso de linóleo de quando estivera procurando a pérola para ela.

– O meu pai... – Não conseguiu terminar a frase quando a cólera se reacendeu.

– Isso não importa agora.

Com a necessidade de matar emergindo, ele tentou deixar a agressividade de lado.

– Tem certeza de que quer molhar isso?

– Já está fechado.

Ela se virou para ele e os olhos de Duran desceram para os seios. Para a cintura. Os quadris.

– Venha para debaixo da água quente – ele a chamou.

Ahmare aceitou a mão dele, e Duran a trouxe para junto de si, com seu corpo reagindo, engrossando e se estendendo. Onde contava.

Estava ávido ao tomar-lhe a boca debaixo da água, mas foi cuidadoso ao abraçá-la e percorrer o corpo para cima e para baixo com as mãos. Línguas, lânguidas e ardentes, penetravam e deslizavam enquanto ela se encaixava nele, com os seios empurrando a parede formada pelo peitoral.

Ele a lavou de maneira a honrá-la, passando o xampu nos cabelos compridos, ensaboando o corpo, demorando-se enquanto beijava e lambia... em toda parte. Em especial entre as coxas dela. Ahmare acabou se sentando na borda do canto, com as coxas afastadas, aberta para a língua faminta e inexperiente. Ele nunca fizera nada daquilo antes, porém um instinto o guiava. Mas ele devia estar fazendo alguma coisa certa.

Ela gozou de encontro dos lábios de Duran, e ele a sorveu.

Erguendo-se sobre os joelhos, ele se posicionou em um ângulo da forma que ela fizera quando estiveram juntos da outra vez.

Fitou-a nos olhos ao penetrá-la.

Mas, mesmo arquejando ao sentir o aperto dela, deteve-se. Amparando-lhe a parte de trás da cabeça, ele expôs a garganta.

– Tome de mim – disse numa voz gutural. – Permita-me fortalecê-la.

As presas de Ahmare desceram apressadas, no entanto, ela estava atordoada demais para se mover. Duran, depois de tudo pelo que passara, entregava-se a ela da mais completa das maneiras, e ela se viu tão abençoada pelo presente que só conseguiu piscar para afastar as lágrimas.

Ao fitá-lo, não conseguiu deixar de visualizá-lo surgindo por detrás da cascata daquele calabouço, o jorro sendo dividido pela largura dos ombros, o corpo magnífico tão imponente e forte mesmo em seu cativeiro. E agora estavam ali, tomando um banho quente juntos, numa casa segura.

Com uma queda d'água completamente diferente.

Deslizando a mão para trás do pescoço dele, ela o atraiu para si. Pressionou os lábios na veia espessa que percorria a garganta e depois correu a pele com a ponta de um dos caninos. Quando os ombros dele estremeceram com o contato, ela inclinou a pelve e desceu a outra mão, segurando-lhe a bunda e puxando-o para si.

Ahmare o mordeu quando Duran arquejou com a união deles.

O sangue dele era um rugido em sua boca; a ereção, uma marcação a fogo em seu sexo; o corpo, um cobertor de força contra o seu. Não fazia a mínima ideia de que estava faminta até saboreá-lo, mas, então, mostrou-se voraz.

Enquanto tomava dele, Duran a possuía, penetrando-a e recuando, encontrando um ritmo.

O clímax que a atingiu foi tão intenso que ela se preocupou em estar devorando-o, mas ele não pareceu se importar. Também estava em êxtase, com a cabeça pendendo para trás, a garganta exposta, os quadris bombeando.

Por um momento, ela se preocupou que talvez ele precisasse da dor para ter um orgasmo, como acontecera no esconderijo em que passaram o primeiro dia – e se observá-lo se machucando para atingir o clímax já fora difícil de testemunhar antes... Agora então? Com tudo o que sentia por ele e pelo que passaram juntos, isso a mataria.

Mas ele não teve problema algum. Gritando o nome dela, flutuou, evidentemente liberto dos fardos que carregara, e lágrimas de alegria surgiram nos seus olhos. Tão natural. Tão certo... para ambos: ele estava com a cabeça colada na nuca, nas entranhas, dentro do corpo de Ahmare, gozando em grandes espasmos no seu sexo. Duran... estava em toda parte e era tudo, tudo o que ela sabia, tudo de que precisava.

E foi lindo.

Tanto que poderia acabar secando-o se sorvesse demais – por isso, forçou-se a soltar a veia dele com cuidado muito antes de se sentir saciada, pois o amor que sentia por ele era maior do que sua avidez por seu sangue. Lambendo as perfurações para fechá-las, largou-se contra a parede e apoiou os calcanhares na beirada, abrindo-se o máximo que conseguia.

Duran plantou as palmas na parede de azulejos, os braços grandes se arqueando, e continuou se movendo, os músculos abdominais se contraindo debaixo da pele, os quadris trabalhando, os lábios encontrando os dela até o ritmo ficar intenso demais. Descendo os olhos para seu corpo, abaixo dos seios, observou-o entrando e saindo de dentro dela, a imagem tão erótica que ela gozou de novo.

E de novo.

E... de novo.

Ele explodiu dentro dela uma vez mais, marcando-a como os machos faziam ao se vincularem, acasalando com ela no sentido mais primitivo da palavra. O rosto de Duran, contraído e poderoso acima do de Ahmare, estava intenso, os olhos brilhavam, as presas estavam expostas enquanto os lábios se retraíam por cima dos caninos numa demonstração de prazer.

Ele era a coisa mais linda que ela já vira na vida.

E estava vivo.

Quando, por fim, ele parou, Ahmare estava sem forças, saciada por completo. Até se, na noite seguinte, ela tivesse de agregar incômodo entre as pernas à sua legião de hematomas e escoriações?

Valeria a pena. Ah, como valeria…

— Pronta para a cama? — ele perguntou com um sorriso lento.

— Mais que pronta. — Ela afastou os cabelos molhados dele da testa. — Mal posso esperar para dormir o dia inteiro.

— Se, por acaso, eu te acordar — ele disse com sensualidade ao se inclinar sobre um seio para sugar o mamilo entre os lábios —, quero pedir desculpas adiantado.

— Não hesite em perturbar meu sono com algo assim — ela gemeu quando Duran esfregou o nariz em sua pele.

Já fora do chuveiro, secaram-se e se largaram na cama *queen-size* coberta com mantas. O quarto deles era o de trás na casa, no primeiro andar, e ela teve a sensação, devido ao que acabara de acontecer no chuveiro, que sabia por que Nexi os havia deixado nos aposentos mais reservados.

Bem distante do porão.

Assim… ninguém conseguiria ouvir… coisas.

Não havia motivo para usarem pijamas, não que tivessem tantas peças de roupa assim para trocar — e interessante como nada disso era importante. Depois de tudo pelo que passaram, coisas como trocas de meias e roupa íntima limpa estavam numa posição bem baixa na lista de prioridades. No entanto, isso sem dúvida se ajeitaria.

Pelo menos, era o que ela esperava que fosse acontecer.

— Mal posso esperar pela normalidade — disse ao se aninhar junto a ele. — Fazer uma Primeira Refeição com você. A Última Refeição. Rotinas noturnas são uma bênção.

Quando ele a beijou no topo da cabeça, ela o ouviu murmurar algo. Então bocejou. Fez uma careta ao se ajeitar e sentir dor no ombro. Sabia que essa recente alimentação aceleraria o processo de cura.

— Eu te amo — disse.

— Eu te amo também — Duran retribuiu.

Havia uma estranha tensão na voz dele, uma que a deixou nervosa num nível mais profundo, ao mesmo tempo em que se dizia para não se preocupar. E, então, a necessidade do seu corpo de repousar sobrepôs-se ao sistema de alerta da mente, com o sono chegando e batendo a porta para o mundo exterior.

Levando-a a um flutuar glorioso.

Onde, só para variar, não houve pesadelos.

CAPÍTULO 37

Duran não dormiu.

Apesar de estar mais do que exausto, não conseguia se desprender da consciência, pouco importando quantas vezes fechasse os olhos e resolvesse seguir o excelente exemplo de Ahmare.

Em algum momento lá pelas três da tarde, disse a si mesmo que era porque o corpo era uma gigantesca contusão. Disse a si mesmo que a insônia também se devia por estar numa casa estranha. E, por fim, disse a si mesmo que era a excitação quanto ao futuro, quanto ao seu amor por Ahmare... quanto ao fato de, mesmo contra todas as probabilidades, enfim escapara do cativeiro de Chalen.

A liberdade, afinal, era algo significativo. E isso antes ainda de ter enfrentado duas décadas sendo torturado.

Quando o sol se pôs por trás do horizonte, contudo, ele entendeu que o problema não era nada daquilo.

Em sua alma, algo vital berrava, a energia terrível que emanava do meio do peito e o contaminava por inteiro. Seu amor por Ahmare era grande o bastante para fazê-lo querer ficar com ela a despeito dessa inquietação.

Mas, no fim, ele acabou saindo da cama.

Moveu-se com cuidado para não despertá-la, embora temesse o "motivo" por trás do respeito que prestava ao sono de Ahmare. Encontrou roupas penduradas no armário, umas que não eram suas, mas que lhe serviam perfeitamente – a ponto de imaginar se Nexi não tivera esperanças de que acabassem juntos ali, nesse esconderijo.

Vestido e parado diante da cama, fitou Ahmare, observando-a se mover para o ponto aquecido que ele deixara debaixo das cobertas. O rosto estava enfiado embaixo delas, os cílios negros repousando sobre a pele, os cabelos no travesseiro em que ele deitara a cabeça. Em seu descanso, ela parecia jovem e inocente, algo a ser protegido.

E lá estava ele, resolvido a deixá-la.

Ao lhe dar as costas, sentiu que a morte se aproximava dele mais uma vez. E, dessa vez, não seria negada.

Deu-se conta de onde estava quando se viu diante da grande porta de entrada da casa nas montanhas. Não fazia ideia de como fora parar ali, que comandos dera ao corpo, que planos fizera a respeito do seu destino.

Só o que sabia era que...

– *Não* me diga que vai deixá-la.

Virando-se, ele olhou para Nexi, que subira as escadas do porão. Os olhos da Sombra eram acusatórios. O tom de voz era ainda pior.

Duran voltou a se concentrar na porta.

– Ele está dentro de mim também.

– De que diabos você está falando? – A Sombra se aproximou e se colocou entre ele e a saída. – O seu pai?

– Você sabe o que ele fazia com minha *mahmen*.

– E você acha que vai fazer essa mesma merda com Ahmare? Ah, qual é. – Nexi cruzou os braços diante do peito e levantou o queixo. – Você não fez nada além de tentar salvar pessoas. A sua *mahmen*. Eu. Ahmare e o irmão. Não tem que se preocupar em se tornar o seu pai só porque está amando.

Focou-se direito na Sombra em vez de olhar para a porta por cima do ombro dela.

– Sinto muito. Por ter te magoado. Sei que magoei, e não deveria.

Nexi desviou o olhar. Deu de ombros.

– As coisas são o que são. Sabe, duas décadas atrás, quando eu estava saindo da colônia… eu não estava mesmo num momento bom para um relacionamento. Eu estava afundada até o pescoço em pensamentos ruins e padrões de comportamento ruins. Vai saber o que eu senti de verdade por você. Pensei que talvez fosse amor. Talvez fosse mais alívio e sofrimento aliado ao terror de estar sozinha.

– Eu deveria ter dito algo. Fazer com que soubesse…

– O quê? Que você não estava disponível? Eu sabia disso e quis mesmo assim. Palavras não mudam as emoções. Mas o tempo, sim.

– Ainda assim, eu sinto muito.

– Que bom. Fico feliz. Mas não vá estragar tudo com aquela fêmea só porque está fugindo de novo. A montanha já era. Ahmare disse que estão todos mortos. Então, acabou.

– Acho que meu pai acabou com tudo logo depois que minha *mahmen* morreu e ele me entregou a Chalen. Os corpos estavam completamente decompostos. Só restavam os ossos.

– Ele era maligno.

– Quero matá-lo.

– É isso o que vai fazer com todas essas armas?

Duran baixou o olhar para si e se surpreendeu em ver que ele não só se vestira, mas também havia se equipado com todas as armas e munições.

– Não sei aonde vou, e a verdade é essa.

– O que disse a Ahmare?

– Nada. Ela está dormindo.

– Então você é um covarde.

– Não *ahvenge* minha *mahmen*, no fim das contas. E é provável que meu pai esteja morto em algum lugar debaixo daquela montanha. Não tenho nenhum futuro…

– Ah, para de bobagem. Claro que tem um futuro. É toda vez que você olha para aquela fêmea. E ela sente o mesmo por você. Deus bem sabe que não sou perita em romances, mas, qual é?! Até eu mesma consigo ver isso.

– Vai me impedir? É por isso que está bloqueando a porta?

Houve um longo silêncio. Então, Nexi saiu da frente dele, ficando de lado.

– O que quer que eu diga a ela?

– Eu vou voltar. Só vou dar uma caminhada para espairecer.

– Tem certeza disso?

Não.

– Sim.

– Muito bem, então. Direi a ela que você foi dar uma volta. Mas, pra sua informação, eu vi o que te perder fez com ela uma vez. Eu gostaria que não colocasse a mim ou a uma fêmea decente como ela nessa situação de novo. Isso é horrível, e, com ambos os seus pais mortos agora, acho que está na hora de você começar a cuidar da própria vida. Você não deve nada a ninguém... a não ser àquela fêmea que está abandonando.

Quando Nexi passou por ele para voltar ao porão, ela lhe deu um abraço rápido e firme.

– Você não merece todo o sofrimento pelo qual passou. Muito dele não tinha nada a ver com você e, com certeza, não foi culpa sua. Mas isto? Ir embora agora? Está sendo seu próprio inimigo, criando a própria prisão e, depois de todo o tempo em que passou em calabouços criados por outras pessoas, você já não está farto dessa merda?

Deixado a sós, Duran ficou onde estava, no precipício... por um tempo. Depois destrancou a porta e saiu para a varanda. O ar estava fresco e puro naquela altitude, o perfume dos pinheiros que cresciam ao redor da casa impregnava a noite.

Seus pés começaram a se mexer, as botas não faziam som algum. Porque ele não queria que ninguém ouvisse a sua partida. Menos ainda Ahmare.

Capítulo 38

Ahmare se ergueu com um salto na cama, o coração acelerado no peito e a respiração presa na garganta. Levando a mão ao esterno, olhou ao redor.

Duran não estava lá.

E não no sentido de ter ido ao banheiro apenas.

No sentido de que todas as suas armas já não estavam mais sobre a cômoda.

Pulando para fora da cama, quase saiu nua do quarto, mas se lembrou, no último segundo, de vestir o roupão que estava pendurado na porta.

A casa estava em silêncio. As venezianas permaneciam abaixadas. Ninguém...

O aroma de bacon chegou ao seu nariz e ela exalou aliviada. Dizendo a si mesma que não fosse tão paranoica, forçou-se a andar como uma pessoa normal e sã até a cozinha... onde encontrou Nexi junto ao fogão, cozinhando umas fatias de paraíso numa frigideira.

Ahmare tentou não se precipitar em conclusões quando não viu nenhum sinal de Duran na cozinha.

– Acho que acabei dormindo demais – disse no que esperou fosse um tom de conversa tranquilo.

Em sua mente, ela berrava: *ONDE ELE ESTÁ?!*

– O colchão estava bom pra você, então? – a Sombra murmurou.

– Sim, estava, sim. Obrigada.

Quando Nexi não se virou, apenas ficou cutucando o bacon fritando na frigideira com um garfo, a dor no peito de Ahmare voltou.

– Quando ele partiu? – perguntou sem rodeios.

– Há uns quinze minutos. Vinte no máximo.

Ahmare cambaleou até um banquinho alto.

– Ele não me acordou.

– Eu disse a ele para não ir embora. – A Sombra por fim se virou, cruzando os braços, com o garfo empunhado. – Disse a ele que estava sendo um babaca. Olha só, ele passou por muita coisa. Você não pode imaginar como era lá na colônia com o pai dele. O que aconteceu lá. E, mesmo que tenha te contado uma parte, ele não contou tudo, e depois foi a vez de Chalen. É coisa demais pra ficar presa na cabeça de um macho. – Nexi tocou na têmpora. – Coisa demais pra cabeça de qualquer um. Ele te ama. Só precisa de um tempo. Ele não sabe quem é agora. Mas vai voltar.

– Como pode ter certeza?

– Ele está vinculado a você – a Sombra disse com secura. – Ou acha que isso foi perfume que ele espalhou no corpo?

Ahmare pensou nas poucas horas condensadas. E na sensação de que conhecia essas pessoas a vida toda quando, na verdade, isso só se aplicava ao irmão no andar de baixo.

– Como está Ahlan? – perguntou rouca.

– Ótimo. Quero dizer… está se recuperando. Está dormindo agora. Quero dizer, eu dei uma olhada nele antes e…

– Está tudo bem. – Ahmare tentou sorrir em meio à agonia em seu coração. – Acho que sei onde isso entre vocês vai dar. Meu irmão pode ser muito complicado, mas algo me diz que você saberá lidar com ele.

A Sombra sorriu de leve e se voltou para o bacon, virando as tiras uma a uma.

– Pode acreditar que eu saberei.

Ahmare saiu do banquinho, arrumando-o debaixo da bancada. Depois pigarreou e começou a dar alguma desculpa para voltar para o quarto...

– Ele vai voltar. – Nexi olhou por cima do ombro. – Mas ele tem negócios inacabados, negócios que jamais poderá concluir. Há um motivo para *ahvenge* nossos mortos. É uma maneira brutal de lidarmos com o luto, mas a coisa funciona.

– Acha que o pai dele morreu no desabamento da montanha?

– Eu não o vi. Você, sim. O que você acha?

– Não sei. Não sei mesmo.

De volta ao quarto, Ahmare ajeitou os travesseiros e se acomodou contra a cabeceira. Dobrando os joelhos junto ao corpo, fitou a cômoda onde as armas de Duran estiveram.

Como se, caso continuasse olhando, elas misteriosamente reapareceriam e isso significaria que ele ainda estava na cama com ela.

Sob o ponto de vista racional, sabia que o que a Sombra dissera fazia sentido. Depois que seus pais haviam sido assassinados, Ahmare vagou pela noite, com toda a raiva e agressividade acumuladas sem um alvo específico para o qual direcionar essas emoções.

Chegara a ponto de caçar *redutores* nos becos de Caldwell. Como se soubesse o que estava fazendo, como se fosse um membro da Irmandade. Tanta estupidez e perigo. Mas o pesar e a raiva foram tamanhos que seu corpo era como uma tigela transbordando, o invólucro da pele insuficiente para conter tudo o que a consumia.

Ela sabia com precisão como Duran se sentia.

E disse a si mesma que tinha de acreditar no que tinham. Mas isso agora soava ridículo. Em que ponto do relacionamento estavam agora? No terceiro dia?

A raiva aumentou em meio à tristeza ao se lembrar da aparência do pai dele, dos olhos ensandecidos, dos cabelos longos e grisalhos, no modo cobiçoso como olhara para ela.

As venezianas automáticas começaram a se erguer, os painéis para as horas do dia lentamente se retraindo do vidro pelo lado externo enquanto se enrolavam para as suas unidades de armazenamento no alto das janelas.

Olhou para uma janela. Como deixara as luzes apagadas, enxergava ao longe, para a ampla vista do vale da montanha que parecia sugerir que todos os cantos do mundo podiam ser vistos...

Havia uma figura junto à janela.

E a forma robusta foi sendo revelada centímetro a centímetro pela veneziana que subia.

Ela soube quem era antes de chegar a vê-lo por inteiro e recuou debaixo dos lençóis.

O pai de Duran estava parado diante do vidro, tão certo como se o tivesse invocado pelas suas lembranças, um fantasma se manifestando pelo ódio que sentia por ele.

Só que aquilo não era um fantasma.

Quando o luar banhou um lado dos longos cabelos brancos, seus olhos reluziram de um modo sórdido. Com um sorriso absolutamente maligno, ele expôs as presas e apontou para ela com uma faca que brilhava.

Ahmare se virou e correu para apanhar a arma que deixara ao lado da cama.

Quando voltou a se virar, levantou a mira para atirar.

Não puxou o gatilho.

Não tinha motivos para isso.

Bem atrás do macho, materializando-se como a própria Morte, o corpo amplo de Duran surgiu das sombras. Ele era enorme atrás do pai, os braços pensos ameaçadores, a cabeça inclinada para baixo.

Seu macho, no fim das contas, não fora embora.

E iria acertar as contas.

Ahmare abaixou a arma. *Dhavos* estava tão concentrado nela que nem sentiu a presença pairando acima dele. Mas essa seria uma questão logo resolvida.

Mudando de posição na cama, aproximou-se da janela, e o pai de Duran pareceu considerar isso como um convite, pois as narinas se dilataram como se tentasse cheirá-la através do vidro.

O rosto dele estava arrebatado; os olhos, obcecados.

Segurando a ponta da cortina, Ahmare puxou o tecido pelo longo vidro para bloquear a vista. Estava na metade do caminho quando *Dhavos* franziu o cenho e inclinou a cabeça. Em seguida, se virou…

Seu grito foi abafado.

E logo se seguiram de outros.

Com a cortina fechada, Ahmare apertou o cinto do roupão e caminhou com calma para fora do quarto.

Esperava pelo seu macho quando a porta da frente se escancarou.

Duran respirava profundamente, o sangue escorria pelo queixo, caía dos dedos e manchava todas as suas roupas.

Os olhos dele, quando se encontraram com os seus, estavam circunspectos, como se não soubesse que tipo de recepção teria.

Ahmare abriu os braços.

— Venha aqui, meu amor. Deixe-me abraçá-lo.

Duran foi aos tropeços e se largou sobre ela. Quando o choro convulsivo se apoderou dele e suas pernas cederam, Ahmare o abaixou e o acomodou no colo. Cobrindo-o com o seu corpo, protegendo-o com o seu amor, ela murmurou em seu ouvido.

Disse-lhe, e acreditava nisso, que o ajuste de contas havia sido feito. Que o fim chegara.

E que ele foi o melhor filho para sua *mahmen* do que qualquer macho poderia ter sido.

Epílogo

Seis meses mais tarde...

– Eu não consigo acreditar que isto é nosso – Ahmare disse quando ela e Nexi entraram na academia. O espaço era composto de novecentos metros quadrados de esteiras, elípticos, pesos e equipamentos. Havia, também, dois estúdios, um para aulas de aeróbica e outro para aulas de *spinning*, e também salas para os *personal trainers* e banheiros completos com armários para os sócios.

– Grande inauguração amanhã. – Nexi levantou a palma. – Bate aqui, sócia.

Ahmare bateu a palma na dela e depois sorriu para Rudie.

– Ei, você está pronto?

Rudie, o jovem guarda ruivo, assumira as funções de gerente como um profissional. Com uma máquina de fala automática, ele conseguia se comunicar com todos os funcionários, e era lindo ver a sua personalidade tímida brilhar.

Ele, por certo, era merecedor dessa felicidade.

– Trouxe algo para comemorarmos. – Ahmare apontou com a cabeça para a sala de descanso dos funcionários. – Mas onde estão os rapazes?

Duran – que agora atendia pelo nome Theo, uma mudança proposital de sua parte e fácil para todos os outros – e Ahlan chegaram bem nessa mesma hora, com um monte de balões de gás hélio balançando acima das cabeças, os sorrisos amplos de machos vinculados estampados no rosto.

Theo, Ahmare pensou ao sorrir para seu companheiro, era um grande nome para um grande macho. E uma maneira maravilhosa de homenagear sua *mahmen*.

E essa não era a única novidade a respeito dele. Após ter passado uma vida no culto e depois como prisioneiro, ela se preocupara com a adaptação dele ao mundo moderno, e ficou aliviada ao ver que ele estava se saindo muito bem. Gostava de Netflix, Starbucks e Instagram. Não era muito fã do barulho e do trânsito de Caldwell, e desconfiava do número de humanos que, para ele, pareciam estar em todos os lugares. Mas, de forma geral, estava se saindo maravilhosamente bem.

Assim como o irmão dela.

Ahlan se aproximou para beijar Nexi na boca, inclinando o corpo dela para trás e sussurrando coisas que, sem dúvida, eram destinadas só aos ouvidos da Sombra.

Theo esticou um punhado de balões que... estavam rabiscados.

– Tive que apagar o "menino" e fazer um pequeno truque.

Ahmare gargalhou. Cada um dos balões tinha escrito "Boa MENINA", e ela só podia imaginar o cuidado com que ele resolvera o sexismo.

– Obrigada, são lindos – ela disse ao envolvê-lo com os braços, demorando-se num beijo. – E eu vou te mostrar o tamanho da minha gratidão mais tarde.

– Posso ir comprar mais balões agora mesmo?

Acomodando-se debaixo do braço dele, Ahmare o abraçou com firmeza, e os cinco foram para a sala de descanso. Vários assuntos relacionados à inauguração da academia precisavam ser discutidos, e a voz eletrônica de Rudie quando começou a listar os tópicos parecia tão natural quanto a de qualquer outra pessoa, pelo que podiam notar.

Compraram a academia graças aos 276.456 dólares de Chalen.

Ahlan apresentara a soma ao grupo depois que ele e Ahmare foram até Caldwell para se mudarem de lá cerca de duas semanas depois que o drama todo acabara. E quando Ahmare sugerira que ela e Nexi montassem uma academia focada em defesa pessoal para vampiras, a Sombra concordara dizendo que era uma excelente ideia. Afinal, vampiros se materializavam de todos os lugares. E havia muitas fêmeas que não se sentiam seguras no mundo após os ataques.

Ahmare e Nexi iriam mudar isso, e até mesmo Wrath e a Irmandade foram até ali com o intuito de inspecionar tudo, animados com o bom trabalho que fariam.

Ahmare foi até o armário e pegou...

– Oreo? – Nexi perguntou. – Oreo...

– Você odeia couve e sabe disso – ela disse para a sócia. – E isto é uma comemoração.

Ahmare abriu o pacote e dispôs uma travessa cheia com a gostosura de chocolate e baunilha. Ofereceu-os a Nexi, Ahlan e Rudie. Quando se dirigiu ao seu Theo, seu sorriso era amplo, mas os olhos, curiosos.

Ele sabia o motivo daquilo, e não era só porque Oreo era delicioso. Ela lhe contara sobre Nexi e o maçarico, os poucos segundos restantes, a quase impossibilidade de escapar.

De fato, a Nabisco salvara sua vida.

Conversaram muito a respeito do passado nos últimos meses desde a mudança para o esconderijo de Nexi, tanto sobre os eventos daquelas três fatídicas noites, que começaram com seu primeiro contato com Chalen, quanto sobre as coisas que vieram antes disso, a família dela, a *mahmen* dele, os ataques, a colônia.

O que ele fizera ao pai do lado de fora do quarto deles.

Ambos estavam se curando, assim como os outros. Havia ainda um longo caminho a percorrer, mas a felicidade era um grande antisséptico para as feridas internas da alma, e havia muita bondade e apoio dentro daquela casa nas montanhas, onde todos viviam.

Erguendo o biscoito, ela disse:

– Saúde a nós.

– A nós – todos murmuraram com seus Oreos se encontrando no centro como se fossem cálices.

E depois todos os comeram a seu modo. Theo e Ahmare eram do tipo que separava as metades e comia primeiro o recheio. Nexi comeu o dela em três mordidas. Ahlan enfiou na boca de uma vez só. E Rudie arrancou a parte de cima, usando as presas como se fossem bisturis.

No fim das contas, não importa a forma como você come o seu biscoito.

Contanto que você tenha uma família com quem partilhar.

AGRADECIMENTOS

Muito obrigada aos leitores de toda parte. Obrigada também a Meg Ruley e todos na JRA, e muita gratidão a Lauren McKenna e Jennifer Bergstrom e a todos da Gallery Books e da Simon & Schuster!

Como sempre, muito obrigada ao Team Waud e à minha família, tanto a de sangue quanto a adotada.

E, ah, isto não teria sido possível sem os talentos e a dedicação de WriterDog!